Le meilleur du Gorafi 2025

le cherche midi

Chers lecteurs,

Étant un capitaine d'industrie très occupé à compter mes stock-options, j'ai préféré confier la rédaction de cette préface à une IA. En effet, écrire prend du temps. Je pourrais tout aussi bien faire dicter ces quelques lignes de ma piscine ou de mon sauna norvégien (comme chacune des précédentes préfaces de tous les autres livres) mais, voyez-vous, parler est fatigant. Tout comme essayer de me projeter, de vous imaginer, vous, chers lecteurs, qui avez saisi ce volume. Je vous vois fébriles et impatients de vous passer de ce rite désormais ancré dans votre vie, celui du versement de notre impôt révolutionnaire annuel, en achetant à prix fort des articles qu'au demeurant vous pouvez lire gratuitement tout au long de l'année.

Quelle belle invention, le capitalisme, quand on y pense.

Aussi je vous laisse poursuivre cette préface, écrite entièrement par l'IA.

Hello, peux-tu écrire une préface pour N'OUBLIEZ PAS DE BIEN INSÉRER LE NOM DU LIVRE car je n'ai pas le temps, mon jet pour le mariage de mon ami Jeff à Venise décolle dans 5 minutes ?

Bien sûr !
Voici !

Bonjour, bienvenue dans cette préface de N'OUBLIEZ PAS DE BIEN INSÉRER LE NOM DU LIVRE, préface qui permet d'ouvrir un livre en expliquant le contexte, le but et les volontés de N'OUBLIEZ PAS DE BIEN INSÉRER LE NOM DU LIVRE grâce à une IA fiable et vérifiée. Le sais-tu ? La première préface a été inventée en 1956 par Jean-Michel Préface. Auparavant, les livres commençaient sans préface et directement avec leur propos, ce qui laissait parfois les lecteurs sur leur faim. Ils ne comprenaient pas tout le temps le sujet du livre. Cette préface de N'OUBLIEZ PAS DE BIEN INSÉRER LE NOM DU LIVRE sera sans doute une très belle préface, démontrant pourquoi vous avez acheté ce N'OUBLIEZ PAS DE BIEN INSÉRER LE NOM DU LIVRE et pourquoi N'OUBLIEZ PAS DE BIEN INSÉRER LE NOM DU LIVRE deviendra à coup sûr votre livre préféré.
Ainsi, vous allez aimer tourner les pages, les caresser. Vous lirez N'OUBLIEZ PAS DE BIEN INSÉRER LE NOM DU LIVRE chez vous, en vacances, en prison ou ailleurs. Qu'importe ce qui arrivera dans le futur. Moi, Jean-François Buissière, ai mis beaucoup de moi-même dans ce N'OUBLIEZ PAS DE BIEN INSÉRER LE NOM DU LIVRE. Tout au long de l'année, nos équipes journalistiques ont beaucoup travaillé pour vous apporter le meilleur de l'information.

Si nous avons beaucoup utilisé l'IA pour améliorer N'OUBLIEZ PAS DE BIEN INSÉRER LE NOM DU LIVRE, c'est notamment pour la vérification des informations. Ainsi, toutes les informations que vous allez lire ont été chaque fois vérifiées et analysées par plusieurs IA pour s'assurer que N'OUBLIEZ PAS DE BIEN INSÉRER LE NOM DU LIVRE publiait les informations les plus rigoureusement exactes et authentiques qu'un journal puisse publier. Nous pouvons ainsi garantir l'exactitude de chacune de nos dépêches et chacun de nos articles reproduits dans N'OUBLIEZ PAS DE BIEN INSÉRER LE NOM DU LIVRE.
Et comme chaque année fiscale, chère lectrice, cher lecteur, cher gestionnaire de patrimoine et actionnaire totalitaire, ce N'OUBLIEZ PAS DE BIEN INSÉRER LE NOM DU LIVRE, sache qu'il t'est dédié, personnellement. Tu tiens une place spéciale dans notre cœur et dans celui des équipes comptables du Gorafi News Network.

Et voilà ! Qu'en penses-tu ? Souhaites-tu une mise en page plus formelle pour une lettre ? Ou une version avec un langage plus soutenu ?

Jean-François Buissière
Président du directoire
du Gorafi News Network

Le Gorafi

SEPTEMBRE 2024

5 CHOSES À SAVOIR SUR MICHEL BARNIER

Le nouveau Premier ministre s'est fait attendre, et il s'agit finalement de Michel Barnier. Mal connu des Français, voici cinq choses à savoir sur cet homme politique de longue date.

1 – Il a reçu des bonbons Michoko pour son 73e anniversaire

Michel Barnier raffole des confiseries d'un autre âge. Il les suçote en regardant d'anciens épisodes de *Columbo* qu'il conserve précieusement dans sa collection de 7 000 VHS.

2 – Il a écrit son propre seul-en-scène

Ce spectacle, appelé *Moi ? Inutile ?!*, décrit à quel point il n'a jamais rien fait en tant que ministre, que ce soit à l'Environnement, aux Affaires étrangères ou à l'Agriculture. Un spectacle corrosif et bourré d'autodérision, salué par la critique.

3 – Il chausse du 42 et demi

« C'est une pointure hybride, difficile à trouver. Je suis soit trop à l'étroit dans mes chaussures, soit trop à l'aise… C'est un calvaire, j'en souffre au quotidien et j'ai encore du mal à en parler publiquement, malgré des années de thérapie », a avoué l'actuel Premier ministre dans un entretien confidentiel accordé à *Paris Match*.

4 – Il ne supporte pas qu'on le surnomme « Mich'Mich »

Michel Barnier s'est déjà battu avec l'un de ses vieux amis qui continuait de le surnommer « Mich'Mich » malgré plusieurs avertissements. « Ce surnom me dévalorise, et je peux entrer dans une rage folle si on m'appelle comme ça… Alors ne me provoquez pas, car sous ce costume de politique respectable se cache une bête féroce. »

5 – Il a toujours un Destop chez lui « au cas où »

Les problèmes de canalisation sont la hantise de Michel Barnier, qui fait régulièrement des cauchemars où il doit récurer des conduits bouchés. C'est pourquoi il a toujours « au minimum » un flacon de Destop dans son placard. Cela lui arrive d'en respirer après une grosse journée : « Cela me détend… Et même si c'est nocif pour la santé, je m'en balance. Le Destop a toujours été là pour moi, il est le seul à me comprendre. »

MAZAN – « PAS TOUS LES HOMMES. » SEULEMENT DES VOISINS INFORMATICIENS, INFIRMIERS, OUVRIERS, CHAUFFEURS ROUTIERS, POMPIERS, ARTISANS, MILITAIRES, ÉLECTRICIENS, JOURNALISTES, SURVEILLANTS PÉNITENTIAIRES, CHEFS DE CHANTIER, RETRAITÉS, CONSEILLERS MUNICIPAUX, PÈRES DE FAMILLE

Avignon – C'est en fin de matinée, devant le palais de justice, que nous réussissons à nous frayer un chemin pour parler à l'un des hommes venus soutenir les accusés. Membre du collectif Pas tous les hommes, collectif dont la bio X (anciennement Twitter) précise qu'il lutte contre la désinformation féminazie sur internet, il tient à faire entendre son message de soutien aux 51 accusés qui jouissent d'après lui de la présomption d'innocence, « n'en déplaise aux hystéros », ajoute-t-il, l'œil farceur.

« SI ON COMMENCE PAR DIRE QUE "TOUS LES HOMMES SONT DES VIOLEURS", ON FAIT LE JEU D'UNE SOCIÉTÉ MALADE. »

« Il faut dire ce qui est : toute généralisation est un échec de l'intelligence. Si on commence par dire que "tous les hommes sont des violeurs", on fait le jeu d'une société malade qui se laisse influencer par ses propres victimes. Je suis désolé, mais ce ne sont pas tous les hommes, non ! » continue celui qui se fait appeler « Jean-Mi » dans le collectif. « Ce sont juste des voisins informaticiens, infirmiers, ouvriers, chauffeurs routiers, pompiers, artisans, militaires, électriciens, journalistes, surveillants pénitentiaires, chefs de chantier, retraités, conseillers municipaux, pères de famille et quelques autres métiers en plus, mais donc QUOI ? Il y a 4 milliards d'hommes sur Terre, ne l'oublions pas. Et s'il s'avère qu'ils ne sont pas innocents, ça fait de moi aussi un violeur, c'est ça que vous êtes en train de dire ? Je viole tout ce qui bouge ? C'est ça ? »

Quant à Dominique Pélicot, dont l'ADN a été reconnu dans deux autres affaires de viol, il espère tout de même s'en sortir : « En France, on a la chance que seulement 1% des viols soit condamné, donc je compte vraiment sur la justice française pour faire son travail », a-t-il déclaré à la barre lors de son audition. Voyons si le jury sera sensible à ses paroles.

SPORT

APRÈS HUIT NOYADES, LE COMITÉ PARALYMPIQUE ANNULE FINALEMENT L'ÉPREUVE DE NATATION-FAUTEUIL

LES HUIT ATHLÈTES ONT SURPRIS TOUTE L'ASSISTANCE EN BASCULANT VIOLEMMENT EN AVANT PUIS EN COULANT À PIC

Après un 8e athlète retrouvé au fond de l'eau, l'épreuve de natation-fauteuil sera finalement supprimée des Jeux paralympiques.

C'est une nouvelle épreuve prometteuse qui vient d'être annulée par le Comité paralympique 2024. Consistant à parcourir un bassin de 400 mètres à la nage le plus rapidement possible sur un fauteuil roulant électrique de 45 kilos, la natation-fauteuil était pourtant l'une des disciplines les plus attendues. Malheureusement, à peine quelques secondes après le coup d'envoi, les huit athlètes ont surpris toute l'assistance en basculant violemment en avant puis en coulant à pic sous le poids de leur fauteuil. Cinq handi-maîtres-nageurs-sauveteurs, eux aussi en chaise roulante, se sont immédiatement précipités pour porter secours aux candidats avant de couler également au fond du bassin. Un drame qui aboutira à un triste bilan : huit noyés, dont un grave.

« Jamais on n'aurait pu imaginer que ça finirait ainsi », a réagi Julio Ragouzzi, entraîneur de Luc Chastrette, jeune espoir français de natation-fauteuil, au micro de Nelson Monfort. « Je lui avais pourtant dit de manger léger, poursuit-il en mettant sa tête dans les mains. Quand je pense qu'il avait pris son fauteuil porte-bonheur pour lui porter chance, c'est à n'y rien comprendre », conclut-il en montrant une photo d'un fauteuil roulant avec des jantes chromées de 6 pouces, des pneus de dragster, deux baffles de 2 500 watts à l'arrière ainsi qu'un buste en marbre de Niké, la déesse de la Victoire, habilement accroché sur le dossier.

Un drame, certes, mais qui ne doit pas non plus éclipser LA bonne nouvelle de la journée puisque, après 16 heures et 42 minutes d'épreuve, c'est l'homme-tronc français Martin Bouvier qui a remporté l'épreuve du 200 mètres planche.

POLITIQUE

APRÈS AVOIR CONSULTÉ JOE BIDEN, EMMANUEL MACRON NOMME FRANÇOIS MITTERRAND PREMIER MINISTRE

Après avoir reçu ce matin le Président américain à l'Élysée, Emmanuel Macron a annoncé qu'il ne nommerait pas comme Premier ministre Bernard Cazeneuve, le favori des médias, mais bien François Mitterrand.

« Après un légitime délai de réflexion de cinquante-six jours et dans le but de maintenir la stabilité institutionnelle du pays, j'ai décidé de nommer François Mitterrand Premier ministre », a déclaré Emmanuel Macron à sa sortie de l'Élysée, devant un Président américain souriant et manifestement content d'avoir influencé le président de la République française. Puis, le chef de l'État de justifier son choix : « Nous entrons dans une nouvelle ère de progrès où la télévision a pris place dans quasiment tous les foyers, il faut donc solidifier les mesures sociales. Avec François, nous ferons 110 propositions pour la France, dont le droit à la retraite à 60 ans et la cinquième semaine de congés payés. » Il a ensuite conclu : « Il est temps également de tourner la page Giscard d'Estaing et de mettre fin à la guerre froide. »

Un programme ambitieux

Selon des proches interrogés, le chef de l'État aurait élaboré dans le plus grand des secret-sun programme extrêmement ambitieux qu'il ne peut pas encore dévoiler. Parmi ses priorités figureraient notamment « l'abolition de la peine de mort » et la volonté de « construire une Europe sans frontières et, pourquoi pas, un jour, avoir une monnaie unique ». Le tout avec l'objectif de « faire tomber le mur de Berlin d'ici une dizaine d'années ». Interrogé par plusieurs médias français, Joe Biden s'est dit de son côté « très satisfait de sa rencontre avec le général de Gaulle ».

PARMI SES PRIORITÉS FIGURERAIENT NOTAMMENT « L'ABOLITION DE LA PEINE DE MORT ».

POLITIQUE

MICHEL BARNIER SE DIT « OUVERT » À INTÉGRER DES MINISTRES DE GAUCHE « À CONDITION QU'ILS SOIENT DE DROITE »

Lors d'une interview, le Premier ministre Michel Barnier a ouvert la porte à des ministres de gauche, « seulement s'ils sont de droite ». Reportage.

Le Premier ministre Michel Barnier a surpris son monde en annonçant qu'il ne fermait pas la porte à des ministres de gauche dans son prochain gouvernement : « Nous aurons besoin de tout le monde ! Enfin, sauf du NFP, bien entendu. Je n'ai plus les chiffres en tête, mais leur score aux dernières législatives les rend inaudibles. La gauche ? Pourquoi pas prendre des ministres de gauche, oui, mais à une condition : qu'ils soient de droite ! »

Une déclaration qui a fait réagir l'éditorialiste Jean-Michel Aphatie sur le plateau de Quotidien : « Personne ne s'attendait à ce que le Premier ministre dégaine aussi vite un gouvernement ! On était prêts à de nouveau attendre cinquante jours ! Franchement, entre ça et l'annonce d'un ministère de l'Immigration, ce Michel Barnier, il démarre à toute vitesse, on sent qu'il est motivé pour droitiser le pays… avec l'aide de la gauche ! Belle preuve d'ouverture ! »

Un conseiller de Matignon semble douter de l'effet d'annonce de ce futur gouvernement : « On parle de Pécresse, Bellamy, Retailleau, Genevard et Buffet. On sait que c'est décevant. On dirait le mercato du PSG ! » Quand on lui demande si Michel Barnier va vraiment choisir des ministres de gauche, sa réponse est sans appel : « Pour l'instant, le seul qui est d'accord pour travailler avec nous, c'est Manuel Valls. Il est d'ores et déjà dans notre équipe. D'ailleurs… Manuel, un café, et que ça saute ! »

L'ENSEIGNANTE SUSPENDUE POUR AVOIR FRAPPÉ UN ENFANT IMMÉDIATEMENT RECRUTÉE COMME CRS

La fonctionnaire qui a été suspendue pour avoir frappé une élève de petite section a retrouvé du travail en tant que CRS.

Alors que la France est encore choquée par les images d'une enseignante frappant violemment une élève de petite section, cette fonctionnaire a d'ores et déjà trouvé un point de chute dans un autre service public. En effet, la professeure a été recrutée comme CRS : « Entre nous, on a tous été très impressionnés par sa capacité à réagir avec violence face à ce mineur qui a refusé d'obtempérer, nous explique le chef du commissariat du 15e arrondissement de Paris. Elle va être bien chez nous ! Car si c'est un policier qui violente un gamin, au volant par exemple, on ne se fait pas critiquer par toute la France, mais on gagne une cagnotte de 1 million d'euros ! Elle n'avait juste pas choisi le bon métier, cette petite dame ! »

« ELLE N'AVAIT JUSTE PAS CHOISI LE BON MÉTIER, CETTE PETITE DAME ! »

Ce départ du monde éducatif soulage Nicole Belloubet, ministre de l'Éducation nationale : « Ce qui s'est passé est inacceptable. C'est intolérable et inexplicable qu'un professeur perde son sang-froid comme ça. Franchement, à part les classes surchargées, le manque de moyens, le manque d'effectifs, le recrutement de contractuels sans formation mieux payés que les diplômés, la mauvaise éducation des parents et le salaire de misère… qu'est-ce qui peut bien les pousser à bout ?! »

« L'histoire a choqué la France entière, y compris dans notre rédaction ! soupire Pascal Praud de CNews. Ce n'est malheureusement pas un prof noir ou arabe qui s'en est pris à un petit enfant blanc ! On passe à côté de quinze jours de débats en boucle et de grosses audiences, ça fait mal… » Selon une source proche de Matignon, on est en revanche rassuré au gouvernement que la prof ne soit pas « issue d'une minorité », car « sinon Michel (Barnier, NDLR) aurait dû dégainer en urgence son ministère de l'Immigration… Et là, on aurait tous fait un burn-out ».

POLITIQUE

NOUVEAU PREMIER MINISTRE : LA PISTE RICHARD ANCONINA S'ÉLOIGNE

Son nom revenait régulièrement depuis dimanche dernier dans le cadre des consultations concernant le futur Premier ministre. Mais la piste de l'acteur fétiche de *Camping 2* comme potentiel successeur à Matignon semble avoir été écartée depuis ce matin.

Longtemps vanté comme un nom pouvant fédérer à droite comme à gauche, Richard Anconina aurait refusé la proposition d'Emmanuel Macron, préférant, selon ses propres termes, « se consacrer au cinéma » et ne souhaitant pas faire de l'ombre à d'autres candidats davantage taillés pour l'exécutif, tels que Michel Sapin, Lionel Jospin ou encore Jacques Cheminade.

Une fin de non-recevoir que regrettent de nombreux acteurs de la classe politique, et ce quel que soit leur bord. « C'était l'un des seuls à pouvoir créer la majorité à l'Assemblée et éviter les motions de censure, c'est une vraie déception », témoigne François Bayrou. « Ça se jouait dans un mouchoir de poche entre lui et Cazeneuve. Mais Richard apportait un souffle de fraîcheur et une approche neuve de la politique, c'est regrettable », abonde Olivier Faure.

Depuis, la valse des berlines et des consultations a repris à l'Élysée et de nombreux noms sont de nouveau sur la table. Certains évoquent déjà plusieurs nouvelles pistes sérieuses, parmi lesquelles l'ex-Premier ministre Jean-Marc Ayrault, l'acteur Antoine Duléry ou Jérémy Pauly, l'ancien chanteur du groupe Trois Cafés gourmands.

ANNE HIDALGO VEUT LIMITER LA VITESSE DES PIÉTONS DANS PARIS À 2 KM/H

Depuis la fin des JO, la maire de Paris multiplie les initiatives. Après sa volonté affichée d'abaisser la vitesse sur le périphérique à 50 km/h, elle veut également limiter celle des piétons dans la capitale.

Anne Hidalgo l'a affirmé avec force ce matin au micro de BFMTV : elle veut, dès janvier 2025, limiter la vitesse des piétons dans Paris à 2 km/h. « Il y a encore trop d'accidents qui impliquent des piétons. C'est une chose de limiter la vitesse des véhicules, mais on ne fait le travail qu'à moitié si on ne limite pas également celle des piétons, qui sont trop souvent imprudents », s'est-elle justifiée. Puis d'ajouter : « Par cette mesure, je veux aussi apprendre aux Parisiens et aux touristes à profiter de la capitale, de sa beauté, et surtout des anneaux sur la tour Eiffel qui symbolisent la réussite totale des JO et de la politique de la ville malgré l'incompétence de Valérie Pécresse. »

« PASSER DU ROUGE AU VERT DIRECTEMENT, C'EST TROP DANGEREUX. »

D'autres mesures en vue

La maire de Paris ne compte pas s'arrêter là. Elle souhaite également ajouter une couleur aux feux rouges pour réduire drastiquement le nombre d'accidents : « Passer du rouge au vert directement, c'est trop dangereux. Pourquoi dans l'autre sens a-t-on le feu orange et rien dans ce sens-là ? J'ajouterais un feu violet pour éviter aux automobilistes de démarrer trop vite. » Quant à la vitesse de nage dans la Seine, elle sera aussi réglementée et ne pourra pas excéder 0,2 mètre par seconde. « Maintenant que la Seine est propre, il serait criminel de ne pas profiter de ce véritable lagon, symbole de la réussite de la politique de la ville ! » s'insurge Anne Hidalgo.

POLITIQUE

PREMIER MINISTRE : EMMANUEL MACRON RECONNAÎT AVOIR CONSULTÉ AKINATOR

« Pense à un personnage réel ou fictif, je vais tenter de le deviner. » C'est par ces phrases qu'Akinator invite les internautes à exploiter ses services en ligne. Selon le propre aveu d'Emmanuel Macron, celui qu'on appelle « Le Génie du web » a tenu un rôle déterminant dans son choix pour le poste de Premier ministre.

À travers une série de questions variées sur l'âge, la couleur des cheveux ou encore les passions de son personnage, le président de la République a pu affiner sa sélection avant d'arrêter définitivement son choix sur Michel Barnier. La question « Ton personnage a-t-il déjà milité au Parti socialiste ? » a permis d'éliminer Édouard Philippe, qui avait apporté son soutien à Michel Rocard dans les années 1990. Un écart de conduite fatal qui lui coûte la place de chef du gouvernement. C'est finalement la question « Ton personnage est-il l'homonyme presque parfait d'une actrice française proche de Mimie Mathy ? » qui aurait permis de faire pencher la balance en faveur de Michel Barnier.

L'exercice s'étant montré concluant, le nouveau Premier ministre devrait lui-même utiliser l'outil en ligne pour composer son gouvernement en n'excluant pas cette fois d'utiliser la fonction « objets » et « animaux ».

POLITIQUE

POUR « NE PAS OUBLIER LA GAUCHE », MICHEL BARNIER NOMME LUCIE CASTETS AU « MINISTÈRE DES BOLAS »

Accusé d'avoir constitué un gouvernement exclusivement de droite, le Premier ministre Michel Barnier a décidé, pour contrebalancer, de nommer Lucie Castets « ministre des Bolas ».

« Il y a eu, c'est vrai, une élection où le NFP est arrivé en tête, personne ne peut le nier, a déclaré ce matin le Premier ministre Michel Barnier lors d'une conférence de presse. Voici pourquoi, par respect pour la gauche, j'ai décidé personnellement de nommer Lucie Castets "ministre des Bolas". Cette responsabilité primordiale ira même plus loin, puisque j'ai décidé de lui confier également le ministère de la Slackline et du Bâton de pluie, ainsi que la programmation de la Fête de l'Huma 2025 », a-t-il ajouté sous les applaudissements nourris des journalistes.

CHAQUE MINISTRE NOMMÉ PAR SES SOINS DEVRA COMMENCER SES INTERVENTIONS À L'ASSEMBLÉE EN SOUFFLANT DANS UN DIDGERIDOO.

Pour montrer son attachement à la gauche et aux valeurs démocratiques, Michel Barnier a également dévoilé d'autres mesures chargées de faire un pas vers les électeurs de gauche. Tout d'abord, chaque ministre nommé par ses soins devra commencer ses interventions

Accusé d'avoir constitué un gouvernement exclusivement de droite, le Premier ministre Michel Barnier a décidé, pour contrebalancer, de nommer Lucie Castets « ministre des Bolas ».

« Il y a eu, c'est vrai, une élection où le NFP est arrivé en tête, personne ne peut le nier, a déclaré ce matin le Premier ministre Michel Barnier lors d'une conférence de presse. Voici pourquoi, par respect pour la gauche, j'ai décidé personnellement de nommer Lucie Castets "ministre des Bolas". Cette responsabilité primordiale ira même plus loin, puisque j'ai décidé de lui confier également le ministère de la Slackline et du Bâton de pluie, ainsi que la programmation de la Fête de l'Huma 2025 », a-t-il ajouté nourris des journalistes.

SPORT

JEUX PARALYMPIQUES – LES FRÈRES LEBRUN DISQUALIFIÉS APRÈS AVOIR TENTÉ DE JOUER DANS LA CATÉGORIE « SIAMOIS »

Les deux prodiges français du tennis de table ont dû quitter la compétition paralympique après avoir essayé de se faire passer pour des sportifs siamois. Récit.

C'est un coup de tonnerre dans le monde du tennis de table. L'image a fait le tour du monde : celle d'Alexis et Félix Lebrun, embarqués par la sécurité des Jeux paralympiques après avoir été pris en flagrant délit de triche. En effet, les deux frères ont tenté de jouer dans la catégorie « siamois ». Interrogé à ce sujet, Tony Estanguet n'a pu cacher son émotion : « C'est une terrible déception. Le pire c'est qu'une fois pris la main dans le sac ils ont essayé de se justifier en disant que leur myopie était un handicap. On va désormais vérifier à la loupe les handicaps de tous nos sportifs pour être sûrs de ne laisser passer aucune irrégularité. »

LE CHAMPION DE JUDO TEDDY RINER A DÉJÀ PROPOSÉ SUR X DE LES « CORRIGER SÉVÈREMENT SUR LE TATAMI ».

Dès que l'arbitre a découvert la supercherie, les frères Lebrun ont été placés en garde à vue mais ont dû quitter le commissariat plus tôt que prévu pour aller se faire décoller à l'hôpital : « Ils se sont collé les bras à l'aide d'une colle extra-forte, qui était sur leur liste de fournitures pour les cours d'arts plastiques. Les professeurs sont inconscients de demander à avoir ça dans la trousse, ce sont encore des enfants, ils ne doivent pas manipuler autre chose que de la colle UHU », soupire le médecin qui les a opérés.

À l'heure actuelle, on ignore encore les sanctions qu'encourent Alexis et Félix Lebrun. Le champion de judo Teddy Riner a déjà proposé sur X de les « corriger sévèrement sur le tatami ». Selon un proche du pouvoir, Emmanuel Macron songerait à faire un exemple en les attachant tous les deux, comme des siamois, avant de les jeter dans la Seine : « Ça détournera l'attention le temps que je cherche un Premier ministre », aurait-il dit ce matin en Conseil des ministres.

Le Gorafi

OCTOBRE 2024

PASCAL PRAUD AFFIRME QUE LA TEMPÊTE KIRK VIENT VOLER LE TRAVAIL DES TEMPÊTES FRANÇAISES

La tempête qui frappe la France en ce moment s'est formée près du Cap-Vert, en Afrique, ce qui scandalise l'animateur star de CNews.

« Pardon, mais quand j'étais enfant, les tempêtes, elles étaient françaises, et ça convenait à tout le monde ! Je ne vois pas pourquoi on fait venir des tempêtes de l'étranger alors qu'on sait parfaitement faire ça chez nous ! » s'est exprimé Pascal Praud lors de son édito du jour sur CNews. Il a poursuivi : « Je connais des tempêtes françaises qui n'ont même plus le droit de dévaster les petits villages de nos pays parce qu'ils sont réservés aux tempêtes venues de l'étranger ! Non mais on marche sur la tête ! »

« DEMAIN, C'EST QUOI ? ON VA AVOIR LE SOLEIL DU MAGHREB QUI VA VENIR NOUS RÉCHAUFFER À LA PLACE DU SOLEIL FRANÇAIS SOUS PRÉTEXTE D'ÉGALITÉ ? »

La politique laxiste du gouvernement en cause ?

Les éditorialistes de L'Heure des pros, d'accord avec l'animateur star, ont surenchéri : « Hier, on faisait venir les plombiers polonais, aujourd'hui les tempêtes africaines, demain, c'est quoi ? On va avoir le soleil du Maghreb qui va venir nous réchauffer à la place du soleil français sous prétexte d'égalité ? Au final, c'est toujours les Français qui sont lésés ! »

Pascal Praud a marqué son double étonnement face à cette tempête, provoquant l'hilarité de ses petits camarades : « Déjà, j'ai du mal à comprendre pourquoi il y a des tempêtes aujourd'hui, alors que soi-disant il y a le réchauffement climatique ! On devrait tous être en train de brûler dans un désert, non ? »

UN REQUIN DEVENU SUBITEMENT COOL DEPUIS QU'IL PORTE UN COLLIER AVEC UNE DENT DE SURFEUR

Île de la Réunion – Depuis qu'il porte la dent d'un surfeur en pendentif, la cote de Bruce, grand requin blanc, a considérablement augmenté. Récit.

Bruce, grand requin blanc de 32 ans, a toujours été vu comme un paria par ses pairs. « Un peu kéké sur les bords », « passablement ringard » et « con comme une sole », il n'a pour ainsi dire jamais eu la cote parmi ses frères poissons. Mais depuis plusieurs jours, tout a changé pour lui grâce à un simple accessoire vestimentaire. « J'étais en train de flâner près de la plage de Boucan Canot quand un surfeur est passé au-dessus de ma tête, raconte-t-il. Après l'avoir déchiqueté violemment pour rigoler, j'ai vu une de ses molaires flotter devant moi. C'est là que je me suis dit : "Et si je la portais autour du cou pour montrer mon côté sauvage ?" Ça a tout de suite cartonné », poursuit-il avant de rabattre sa teinture blond platine sur son front avec son aileron gauche.

MÊME LE PLANCTON ARRÊTE SOUDAINEMENT DE LE SURNOMMER « LE GRAND REQUIN GLAND ».

Le lendemain, c'est le jour et la nuit. Les congres, rascasses et autres murènes se retournent sur son passage, ses collègues requins s'écartent respectueusement, et même le plancton arrête soudainement de le surnommer « le grand requin gland ».

Un gain de charisme donnant aussitôt lieu au lancement d'une toute nouvelle mode dans les eaux de l'océan Indien et faisant bondir le nombre d'attaques sur les surfeurs de près de 400 %.

Une « success story » à la française qui n'est pas sans rappeler l'histoire de Tanoai, ce jeune Maori devenu soudainement populaire après s'être tatoué un surfeur sur le mollet.

LA FRANCE DEMANDE SOLENNELLEMENT À ISRAËL DE BOMBARDER LE LIBAN PLUS DISCRÈTEMENT

Emmanuel Macron durcit le ton : face aux récentes attaques d'Israël, le président a demandé solennellement à Benjamin Netanyahou de « bombarder le Liban plus discrètement ». Un changement qualifié de radical dans la diplomatie française qui place Emmanuel Macron en garant de la paix au Moyen-Orient.

« La situation n'est plus acceptable assène Jean-Noël Firelli, diplomate spécialiste du Liban. La France a toujours été l'alliée du Liban, et c'est avec la plus grande fermeté que nous demandons aujourd'hui au Premier ministre israélien de bombarder le pays dans la plus grande discrétion. La nuit, par exemple, ou avec des drones. Des solutions existent, alors pourquoi s'en priver ? Nous sommes même prêts à fournir Israël en silencieux s'ils en ont besoin. »

La réponse d'Israël ne s'est pas fait attendre, et le ministre de la Guerre a déclaré qu'« Israël a le droit de se défendre », ce qui a été immédiatement accepté par la totalité des membres de la délégation française, qui ont dû répéter 200 fois « Israël a le droit de se défendre » en se flagellant à l'aide d'un fouet clouté pour se punir de leur outrecuidance.

« NOUS SOMMES MÊME PRÊTS À FOURNIR ISRAËL EN SILENCIEUX S'ILS EN ONT BESOIN. »

En attendant un cessez-le-feu, la situation reste donc tendue, mais tous les espoirs restent permis, car Emmanuel Macron a bâti sa réputation sur le fait de pouvoir arrêter les guerres injustes, comme il l'a fait en Ukraine l'année passée.

SOCIÉTÉ

SELON UNE ÉTUDE, SUR UN MALENTENDU, ÇA PEUT PASSER

Une étude exclusive révèle ce jour ce que certains suspectaient mais ne pensaient pas possible : sur un malentendu, ça peut passer.

« C'est-à-dire qu'on ne peut pas vraiment tout miser sur notre physique, surtout moi, a expliqué un chercheur de l'institut J.-C. Dusse. Il faut oublier qu'on n'a aucune chance, il faut foncer. Par exemple, même en cas de séparation d'un commun accord, restez simple, comme une musique triste et un tube de laxatif », a-t-il ajouté, précisant en outre qu'il était sur le point de conclure. « Sur un malentendu, ça peut passer », a-t-il répété.

CUISINE

RECETTES D'AUTOMNE : 8 FAÇONS DE NE PAS CUISINER LE TOPINAMBOUR

En cuisine, le mois d'octobre est synonyme de légumes d'automne, dont le topinambour fait tristement partie.

Si personne ne s'est jamais dit, en rentrant chez lui après une longue journée froide et pluvieuse, « Tiens, si je me faisais un petit topinambour rôti ? », c'est parce que ce légume qui sonne très « tranchées de 14-18 » n'a absolument aucun intérêt. C'est pour la même raison qu'il n'existe pas de « bar à topinambours » ou même simplement de « supplément topinambour » dans les pizzerias. Si, malgré tout, vous vous retrouvez en possession malencontreuse de cette espèce de vilaine racine, voici huit façons de ne pas la cuisiner.

1 – Utilisez-le en cale-porte : robuste mais facilement maniable, le topinambour peut être posé au pied d'une porte pour l'empêcher de claquer, même en cas de courant d'air.

2 – Disposez-en quelques morceaux dans votre chambre afin de faire fuir les moustiques. Attention, son odeur rance fera également fuir tout partenaire sexuel potentiel.

3 – Utilisez-le comme projectile : suffisamment lourd pour éviter une prise au vent mais suffisamment léger pour ne pas blesser gravement, il sera parfait pour faire fuir un jeune alcoolisé qui urine sur votre haie.

4 – Peignez-le en marron pour faire croire que c'est une déjection, dans le cadre d'un prank par exemple. Sa forme et son odeur feront parfaitement l'affaire pour un piège réussi.

5 – Donnez-le à quelqu'un en lui faisant croire que c'est du gingembre. Visuellement, ça passe.

6 – Faites-en un presse-papiers : sa forme immonde et sa texture rugueuse pourront parfaitement maintenir vos papiers de relance de l'Ircec ou de l'Urssaf.

7 – Faites-en un objet de décoration. En le fixant sur un socle, vos amis penseront qu'il s'agit d'une sculpture abstraite d'art moderne et auront une plus haute opinion de vous.

8 – Dernière astuce : mettez-le dans une poêle avec un peu d'huile de truffe et quelques feuilles de coriandre, puis jetez l'ensemble de cette préparation dans une poubelle et mettez-y le feu.

POLITIQUE

LES FRANÇAIS ESTIMENT QUE BRUNO RETAILLEAU N'EST PAS UNE CHANCE POUR LA FRANCE

Ministre de l'Intérieur depuis quelques jours, le proche de François Fillon a réussi l'exploit d'être déjà plus détesté que Manuel Valls.

Interrogés lors d'un micro-trottoir, 98 % des Français ont déclaré que Bruno Retailleau n'était pas une chance pour la France. Spontanément, les personnes interrogées ont proposé des qualificatifs alternatifs pour le nouveau ministre de l'Intérieur : 24 % ont déclaré qu'il était « un cor au pied » pour le pays, 17 % que c'était « une diarrhée explosive pour la France », et 4 % ont dit que c'était pire que d'avoir Hugo Lloris dans une séance de tirs au but.

Pour aller plus loin, une étude a été réalisée afin de savoir ce que les Français considéraient comme des « choses étant une chance pour la France ». De cette étude est ressorti un classement largement dominé par « le fromage ». Bruno Retailleau se retrouve dans les profondeurs du classement, très loin derrière les pics à pigeon sur les fenêtres. L'ancien président du Puy du Fou se retrouve à la 17 403e place, entre la listeria et Émile Louis…

L'ANCIEN PRÉSIDENT DU PUY DU FOU SE RETROUVE À LA 17 403E PLACE, ENTRE LA LISTERIA ET ÉMILE LOUIS.

« Les ministres, quand il y en a un, ça va… C'est quand il y en a beaucoup qu'il y a des problèmes… »

« Si on commence à accueillir tout le monde au gouvernement, on ne s'en sort pas ! Si, dès qu'on a un politique un peu perdu qui n'a pas vraiment de travail, on lui propose un poste de ministre qu'on paie avec nos impôts, on ne va pas s'en sortir ! » a déclaré l'un des Français interrogés. Il poursuit : « On ne dit pas que tous les ministres sont mauvais mais, dès qu'il y a une affaire qui sort, une fraude qui est révélée, c'est quand même toujours un ministre le coupable ! »

SOCIÉTÉ

INSOLITE – IL NE BOIT PAS D'ALCOOL ET PERSONNE NE LUI FAIT LA REMARQUE

Thomas, 29 ans, est allé fêter les 30 ans de son ami Raphaël dans un bar du centre-ville. Étrangement, le fait qu'il ne boive pas d'alcool n'a pas soulevé d'interrogations ni de remarques désobligeantes. Nous sommes allés recueillir son témoignage.

Le Gorafi : Comment s'est passée la soirée ?

Thomas : Au début, c'était assez bizarre. Je pensais qu'on me faisait un prank (une blague, NDLR) et que les gens allaient forcément m'emmerder à un moment ou à un autre. Mais non, j'ai pu commander un Coca Zéro, une *ginger beer*, puis un Perrier, puis un Virgin Mojito sans qu'on me fasse aucune remarque, aucune critique. J'ai donc pu passer une bonne soirée avec mes amis sans avoir à me justifier. Je n'en reviens toujours pas.

Le Gorafi : Il n'y a donc pas eu d'interrogatoire en règle sur les raisons de votre sobriété ?

Thomas : Même pas ! J'ai pu parler de plein de trucs : de l'actu, mes problèmes au bureau, mes derniers coups de cœur au ciné, mon couple, on a lancé des débats, bref, j'ai vraiment pu parler d'autre chose que de ma sobriété. C'était génial. Les gens étaient bienveillants et n'ont pas cherché à me prouver que leur mode de vie était meilleur que le mien.

Le Gorafi : Et le retour à la réalité ?

Thomas : Oui, là, ça a été très dur. J'appréhendais un peu, et ça n'a pas loupé. Après le boulot, on est allés boire un verre avec des collègues, et ça a repris direct : « Allez, prends une pinte ! » « Pourquoi tu bois pas ? » « Tu gâches l'ambiance »… J'ai compris que ce que j'ai vécu la dernière fois à l'anniv de Raph était vraiment exceptionnel. Une petite bulle de bonheur, un truc qu'on ne vit qu'une fois dans la vie d'un sobre en France. J'ai déjà beaucoup de chance de l'avoir vécu.

Le Gorafi : Merci, Thomas, pour votre précieux témoignage.

SANTÉ

APRÈS SON RACHAT PAR UNE SOCIÉTÉ AMÉRICAINE, LE DOLIPRANE EXISTERA EN VERSION « GOÛT BURGER »

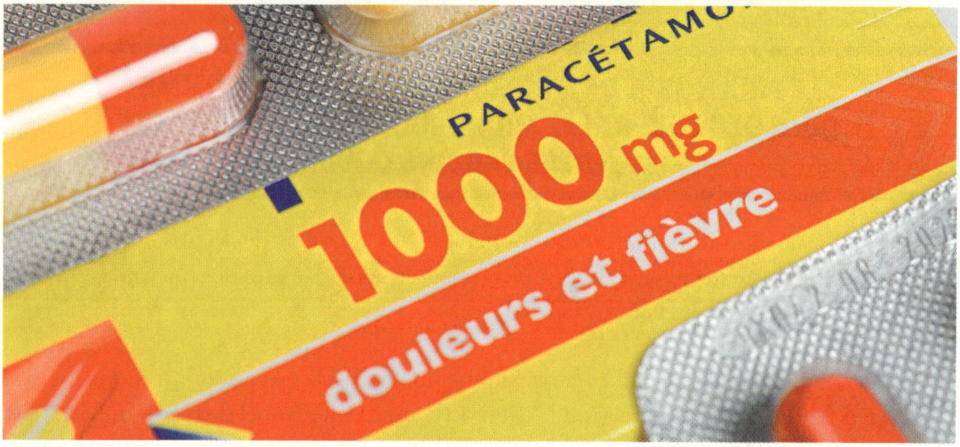

Le fonds d'investissement prévoit déjà une version « goût pizza » et une autre « goût Red Bull » dans le cadre d'un partenariat avec la marque de boisson énergisante.

« Tant qu'ils maintiennent des usines en France, ils peuvent bien faire un Doliprane goût Trump, ça ne me pose pas de problème », a déclaré Emmanuel Macron à la suite de l'annonce du nouveau propriétaire de la marque Doliprane. De son côté, le fonds d'investissement américain a tenu à rassurer les Français : « On ne peut pas garantir qu'on gardera toutes les usines ouvertes mais, pour la France, le goût burger sera celui d'un burger à la tomme de Savoie, pour témoigner de notre respect pour les origines du Doliprane. »

Une offre américaine défiant toute concurrence

Malgré ces nouvelles rassurantes, certains reprochent tout de même à Sanofi de ne pas avoir cédé les droits du mythique Doliprane à une marque française. Le porte-parole du groupe pharmaceutique a tenu à se justifier à notre micro : « Ce n'est pas qu'on ne voulait pas vendre à des entreprises françaises, mais nous n'avons eu que deux offres : une d'une entreprise gérée par Oussama Ammar, qui promettait 1 000 milliards de bitcoins, ce qui nous a paru suspect, et l'autre du groupe Flunch qui nous promettait des moules à volonté tous les dimanches. »

Si le géant américain a été prêt à mettre 15 milliards d'euros, c'est parce que le fonds d'investissement a de fortes ambitions pour le développement international du Doliprane, actuellement peu vendu hors de nos frontières : « Nous souhaitons inonder le monde avec le Doliprane Evolution 2.0 avec un goût nouille de riz pour l'Asie, un arôme chili pour l'Amérique latine, et pour l'Afrique… Rien, ils n'ont pas assez de pouvoir d'achat », s'est exclamé le P-DG du groupe pendant qu'il nageait dans une piscine remplie de pièces d'or.

SCIENCES

LE PRIX NOBEL DE MÉDECINE ATTRIBUÉ À L'HOMME QUI A DÉCOUVERT LES MICROPUCES 5G DE BILL GATES DANS LES VACCINS COVID

C'est avec émotion que Jérémie Bouchard, un Français de 45 ans, a reçu le prix Nobel de médecine 2024 pour récompenser sa découverte des micropuces 5G de Bill Gates dans les vaccins Covid.

« Ce sont des années de recherches et de commentaires Facebook qui sont récompensées », a témoigné M. Bouchard en recevant le coup de fil du comité Nobel de médecine dans son bar-tabac dans la Meuse. Il a rappelé comment il avait découvert ce secret des micropuces 5G dans les vaccins Covid. « Bill Gates et ses équipes ont été très secrets, mais cela n'a pas échappé à nos équipes qui en une recherche Google ont découvert le pot aux roses. » Concernant ses recherches, M. Bouchard a souhaité aussi saluer les autres membres de son équipe, comme M. Croissandeau, qui a travaillé sur l'impact des chemtrails sur la traite des vaches, ou encore Gisèle Grondier pour son étude sur le pouvoir des pierres pour soigner la grippe, le cancer et le panaris.

BRUNO RETAILLEAU REFUSE QUE LES MIGRANTS BÉNÉFICIENT GRATUITEMENT DU PASSAGE À L'HEURE D'HIVER

Le ministre de l'Intérieur souhaite également, en cas de retour de la taxe d'habitation, qu'elle s'applique aux cartons sur lesquels dorment de nombreux sans-papiers.

Le passage à l'heure d'hiver, c'est ce week-end ! Si 68 millions de Français vont simplement reculer leur montre d'une heure, ça ne sera pas si évident pour les migrants présents dans l'Hexagone : « Le changement d'heure, ça a été créé pour que les Français réalisent des économies d'énergie. Il n'y a aucune raison que des personnes qui sont sur le territoire de façon illégale bénéficient des mêmes économies. Donc si les migrants sans-papiers veulent changer d'heure, ils devront s'acquitter d'une taxe de 73 euros. Une somme qui correspond aux économies moyennes liées au changement d'heure, réalisées par les Gaulois, euh... les Français, pardon », a déclaré le ministre de l'Intérieur.

« LES FORCES DE L'ORDRE ORGANISERONT DES CONTRÔLES SURPRISES POUR DEMANDER L'HEURE À DES MIGRANTS PRIS AU HASARD. »

Quid des appareils connectés qui changent d'heure automatiquement ?

Plusieurs voix se sont élevées pour faire entendre au ministre de l'Intérieur que cette proposition était très difficilement applicable, notamment à cause des téléphones portables qui opèrent automatiquement le changement d'heure, mais Bruno Retailleau avait visiblement tout prévu : « Je sais bien que tout le monde n'a pas l'élégance d'avoir une montre à gousset comme moi, mais tout d'abord, si un migrant a un téléphone portable, c'est qu'il a de l'argent, donc qu'il peut se payer un FlixBus pour rentrer chez lui, alors hop, ça dégage. Et pour les autres, les forces de l'ordre organiseront des contrôles surprises pour demander l'heure à des migrants pris au hasard. S'ils donnent l'heure qu'il est vraiment pour les Français, ils auront une amende de 150 euros et seront expulsés dans la foulée. »

Le nouveau pensionnaire de la place Beauvau ne compte pas s'arrêter là dans sa chasse aux migrants. D'autres propositions seront discutées prochainement, parmi lesquelles l'interdiction pour les migrants de regarder les paysages français gratuitement, ainsi que la potentielle mise en place d'une « taxe oxygène » qui concernerait tous les migrants respirant gratuitement l'air français.

INTERNATIONAL

DONALD TRUMP SE TIRE DANS LA MAIN AVEC UN M17 ET GAGNE 3 POINTS DANS LE MICHIGAN

L'ancien président s'est accidentellement tiré dessus lors d'un meeting, marquant de précieux points auprès de ses admirateurs du Michigan.

Malgré sa récente tentative d'assassinat, Donald Trump défend le port d'armes et n'hésite pas à le prouver pendant ses meetings. Alors qu'il s'apprêtait à tirer sur un pigeon perché à proximité de la scène pour prouver l'efficacité de son arme, l'ancien Président s'est malencontreusement tiré une balle dans la main gauche, semant le chaos au sein de la foule.

DONALD TRUMP A DANS UN PREMIER TEMPS ACCUSÉ LES MEXICAINS D'ÊTRE À L'ORIGINE DU TIR.

Si Donald Trump a dans un premier temps accusé les Mexicains d'être à l'origine du tir, il a rapidement dû avouer la vérité, filmée par les caméras du monde entier. Un incident qui n'entache pas sa campagne, bien au contraire. « L'Amérique a besoin d'un héros comme lui. Malgré cet attentat probablement commandité par ce pigeon communiste, notre ancien Président a su rester digne », s'est ému l'un de ses militants avant de se fracasser une bouteille de Bud sur le front.

Et les sondages sont formels : l'incident a permis à Donald Trump de gagner 3 points dans les intentions de vote du Michigan, talonnant sa rivale, Kamala Harris. Fort de ce succès, l'ancien Président envisagerait de frapper encore plus fort lors de son prochain meeting en Caroline du Sud, où il aurait prévu de se tirer une balle directement dans le front.

SOCIÉTÉ

AÉROPORT CDG – ANNE HIDALGO VA LIMITER LA VITESSE SUR LES PISTES À 50 KM/H

Après le périphérique parisien, c'est au tour des pistes d'atterrissage et de décollage de l'aéroport Charles-de-Gaulle de voir leur vitesse limitée à 50 km/h.

À partir du 1er novembre, toutes les pistes de l'aéroport Roissy-Charles-de-Gaulle verront leur vitesse limitée à 50 km/h. Une décision de la maire de Paris Anne Hidalgo (PS), invoquant la santé publique de 1,6 million de voyageurs quotidiens. « L'avion est le moyen de transport le plus polluant, et en matière d'écologie, je crois qu'il était grand temps de passer à la vitesse supérieure », a-t-elle déclaré, triomphante, avant de couper le cordon inaugurant les 41 radars fixes et mobiles présents en permanence en bordure de chaque piste.

Une mesure radicale qui a nécessité quelques ajustements. En premier lieu, les balises tenues par les agents de piste seront intégralement remplacées par des panneaux de signalisation « Limité à 50 » qui seront brandis 24h/24 sur le tarmac. Des dos-d'âne seront également ajoutés sur chaque piste afin de garantir que chaque appareil respecte bien ces limitations. Mais ce n'est pas tout, puisque Anne Hidalgo a dévoilé, non sans fierté, la construction de plusieurs dizaines de pistes cyclables partant de l'aéroport CDG et permettant aux avions de rallier par la route plus de 15 capitales européennes en moins de 72 heures. Un dispositif multipliant par 14 le nombre d'escales mais offrant aux passagers la possibilité de profiter des commentaires détaillés d'un guide de Bateau-Mouche sur l'ensemble du trajet, ou encore du visionnage d'un film de Martin Scorsese.

DES DOS-D'ÂNE SERONT ÉGALEMENT AJOUTÉS SUR CHAQUE PISTE AFIN DE GARANTIR QUE CHAQUE APPAREIL RESPECTE BIEN CES LIMITATIONS.

Si une certaine tolérance est appliquée les premiers jours, chaque pilote ne respectant pas ces limitations se verra par la suite sanctionné d'un retrait du permis de vol ainsi que d'une amende forfaitaire de 320 euros. Une volonté de rendre enfin l'avion « un peu plus vert » qui ne compte pas s'arrêter là, puisque la maire de Paris a également déclaré qu'elle souhaitait mettre en place une circulation aérienne alternée en se fondant sur l'ordre alphabétique des destinations. Ainsi, les vols pour l'Autriche, l'Allemagne ou l'Australie pourront décoller le 1er du mois là où il faudra attendre les 25 et 26 pour les vols à destination du Yémen ou encore du Zimbabwe.

POLITIQUE

BRUNO RETAILLEAU SOUHAITE LIMITER LES FLUX D'OISEAUX MIGRATEURS

Le ministre de l'Intérieur durcit un peu plus sa politique migratoire et annonce une tolérance zéro pour les cigognes.

« Les oiseaux migrateurs ne sont pas une chance pour la France. » Par ces mots forts, le ministre de l'Intérieur assume sa volonté de mener une politique migratoire plus ferme, y compris pour les migrants à plumes. Pour justifier ce durcissement, Bruno Retailleau parle de « fausse générosité » à l'égard d'oiseaux étrangers toujours plus nombreux, parmi lesquels « certains individus parfois dangereux ». Une allusion à peine voilée à la « mafia des cygnes », comme il la nomme, accusée d'être à l'origine de nombreuses attaques dans nos parcs et au bord de nos lacs chaque année.

Pour lutter contre l'immigration illégale, le gouvernement prévoit d'installer des épouvantails à l'effigie d'Éric Zemmour tout le long de la Méditerranée ainsi que des effaroucheurs à ultrasons. « L'heure étant aux économies budgétaires, les dispositifs seront remplacés par des best-of de Vianney diffusés en boucle », explique le ministre.

Bruno Retailleau a aussi révélé son plan pour augmenter le nombre d'expulsions des oiseaux faisant l'objet d'une OQTF : « Les profils les plus dangereux seront directement renvoyés dans leur pays d'origine. Quand ce n'est pas possible, ils seront mis hors d'état de nuire dans des zones reculées de la population, comme la Lozère. »

POUR LUTTER CONTRE L'IMMIGRATION ILLÉGALE, LE GOUVERNEMENT PRÉVOIT D'INSTALLER DES ÉPOUVANTAILS À L'EFFIGIE D'ÉRIC ZEMMOUR.

Prochaine étape : l'instauration de quotas d'oiseaux migrateurs avec un durcissement des conditions d'entrée sur le territoire. Selon nos sources, le gouvernement se réservera le droit de renvoyer en Afrique tous les oiseaux surpris en train de voler en direction de La Mecque.

SOCIÉTÉ

LE PREMIER CHAT D'AVEUGLE ABANDONNE SON MAÎTRE DÈS LA PREMIÈRE SORTIE

C'était une première pleine d'espoir pour les personnes non voyantes en attente de recevoir un chat guide, mais malheureusement, l'expérience a tourné court. Reportage.

« Minou ? Minou, minou ? » Il est 10h30, mardi dernier, rue Raspail à Villeurbanne, et ce sont les mots de Jean-Louis Boussard, aveugle de naissance, qui vient d'être lâchement abandonné par son chat guide, Olympe, un Sibérien de 8 mois. « Dès les premiers mètres de la balade, j'ai senti que le chat n'était clairement pas là pour m'accompagner comme le font les chiens, mais plutôt pour faire sa petite balade », raconte Jean-Louis, encore traumatisé par l'expérience.

Alors qu'il venait de sortir de chez lui et qu'il pensait être guidé vers la pharmacie par son nouveau compagnon, Jean-Louis s'est retrouvé malmené par Olympe, qui n'avait qu'une idée en tête : attraper le petit moineau qui le narguait à quelques mètres de là. Une passante, témoin de la scène, raconte : « Le monsieur s'est assis sur un banc et le chat a réussi très habilement à se libérer de son harnais pour partir en chasse et a totalement abandonné son maître sans même un regard pour lui. »

Stéphane Basset, formateur à l'école des chiens et chats guides de Lyon, nous a confié son agacement : « Je me suis fait berner par Olympe ! Pendant 6 mois, il a été un élève exemplaire et studieux, mais on ne peut décidément pas faire confiance à un chat. » Stéphane nous confie que l'école envisage tout de même de poursuivre le projet et même de l'étendre à d'autres animaux. « Je suis en train de former la première hyène guide de France pour accompagner et protéger les non-voyants qui vivent à Grenoble. Même si j'ai déjà perdu un doigt et mon dernier stagiaire, j'y crois dur comme fer. »

Le Gorafi

NOVEMBRE 2024

IL COURT 50 KILOMÈTRES POUR OBTENIR UN T-SHIRT

Ce Haut-Savoyard de 40 ans n'en revient toujours pas : il a réussi à boucler son trail de 50 kilomètres afin d'obtenir un T-shirt jaune fluo « Finishers ».

Marc Michaud, surnommé « Le Coyote » dans le milieu du trail, a franchi la ligne d'arrivée après 5 heures, 37 minutes et 12 secondes de course à travers les sentiers escarpés du Luberon. Depuis trois mois, il préparait ce challenge comme un athlète de haut niveau : cinq sorties par semaine, du renforcement musculaire et une alimentation réglée comme du papier à musique. Le tout dans un but unique : gagner le T-shirt « Finishers », fabriqué en Chine, en taille L.

MALGRÉ LES DIFFICULTÉS, LE COUREUR DE 40 ANS A SU TROUVER LES RESSOURCES POUR ALLER AU BOUT.

Bientôt un ultra-trail pour un mug

Malgré les difficultés, le coureur de 40 ans a su trouver les ressources pour aller au bout. « Dès que j'avais un coup de mou, je pensais au T-shirt qui m'attendait à l'arrivée et je repartais de plus belle. » Sa femme et ses enfants, eux, ne comprennent pas son obsession pour un simple T-shirt. « On ne le voit jamais ; il passe son temps à s'entraîner. En plus, le T-shirt était en vente pour 9 euros sur le stand qui se trouvait à côté de l'arche de départ », soupire Marie, sa femme, qui attend dans la voiture depuis 6 heures du matin.

Marc ne veut pas s'arrêter là et va s'entraîner encore plus fort. Dans son viseur : un ultra-trail de 160 kilomètres entre les volcans d'Auvergne pour, cette fois-ci, gagner un mug « Finishers » et un pot de confiture à la figue.

UN LYCÉE MARSEILLAIS INTÈGRE UN BAC PRO « GUETTEUR »

Face à la demande grandissante, un lycée proposera dès la prochaine rentrée de septembre un bac pro « guetteur », accessible à tous les élèves marseillais.

« Notre devoir en tant qu'établissement scolaire est d'accompagner au mieux les jeunes vers le monde du travail en leur offrant des formations dans un secteur en pleine expansion », explique le proviseur de l'établissement qui accueillera ce nouveau bac pro dès 2025.

Le cursus permettra aux élèves de s'ouvrir aux métiers du LSDD (Logistique et surveillance en distribution de drogue). Parmi les matières étudiées, des cours de physionomie pour reconnaître les agents de la maréchaussée, des cours de diction pour maîtriser le « arah » à la perfection, ou encore des cours de relations clientèle pour identifier les personnalités médiatiques et politiques qui viendront se fournir sur leur futur lieu de travail.

« C'est une vraie opportunité pour les élèves, se réjouit Maxence, sur liste d'attente pour intégrer le cursus. J'hésitais à suivre une formation en lien avec l'intelligence artificielle ou le développement durable, mais je pense que le secteur de la drogue est bien plus porteur. » Même son de cloche chez Sarah : « En intégrant cette filière, j'espère faire changer les mentalités et prouver que guetteur, c'est aussi un métier de femme ! »

PARMI LES MATIÈRES ÉTUDIÉES, DES COURS DE PHYSIONOMIE POUR RECONNAÎTRE LES AGENTS DE LA MARÉCHAUSSÉE.

Face à l'engouement généré par ce nouveau bac pro, la ministre de l'Éducation nationale réfléchit à l'ouverture d'une filière « rap et vocodeur », un autre secteur phare de la cité phocéenne.

BENJAMIN NETANYAHOU BOMBARDE LE PÉROU « AU CAS OÙ »

Tsahal a confirmé avoir lancé cette nuit les premiers assauts en direction du Pérou pour anticiper une potentielle attaque du pays sud-américain.

Stupéfaction sur la scène politique internationale. Alors que les combats font toujours rage au Moyen-Orient, Benjamin Netanyahou étend la zone de combat en Amérique du Sud, ciblant directement Lima, la capitale du Pérou. Une attaque que le Premier ministre israélien qualifie de « préventive » à la suite d'une mauvaise expérience avec un ceviche, spécialité typiquement péruvienne, qui lui aurait valu une intoxication.

« Si, à l'heure actuelle, rien n'indique formellement qu'il s'agissait d'un acte délibéré, nous ne souhaitons prendre aucun risque et combattons toute forme de violence terroriste, qu'elle soit religieuse, culturelle ou gastronomique. » Le Premier ministre a également indiqué que toute personne, au Pérou ou ailleurs, surprise en train de jouer la musique de la publicité Nescafé à la flûte de Pan serait abattue sans sommation, signe évident de complicité selon le chef du gouvernement israélien.

TOUTE PERSONNE SURPRISE EN TRAIN DE JOUER LA MUSIQUE DE LA PUBLICITÉ NESCAFÉ À LA FLÛTE DE PAN SERAIT ABATTUE SANS SOMMATION.

Alors que la communauté internationale étudie la possibilité de manifester sa désapprobation face à ces attaques, Benjamin Netanyahou a d'ores et déjà annoncé qu'il poursuivrait ce type d'action préventive à travers le monde. Selon nos informations, Tsahal devrait prochainement viser les personnes portant des doudounes sans manches, les propriétaires de véhicules Volkswagen et les habitants du Havre.

INTERNATIONAL

VLADIMIR POUTINE RÉÉLU PRÉSIDENT DES ÉTATS-UNIS

Vladimir Poutine a été élu 47e président des États-Unis d'Amérique après la défaite de Kamala Harris.

C'est un pari réussi pour Vladimir Poutine qui, après avoir perdu de justesse contre Joe Biden en 2020, est de retour à la Maison-Blanche. Le Président russe s'est félicité d'avoir remporté ce scrutin et a déjà annoncé son intention de terminer le travail en Ukraine, puis d'aider la Chine à régler ce petit souci avec Taïwan, de résoudre ce petit différend avec les pays baltes et enfin avec l'Europe.

SANTÉ

LE DENTISTE QUI POSAIT DES QUESTIONS À SES PATIENTS PENDANT LEUR DÉTARTRAGE ENFIN RADIÉ

Insaisissable pendant des années, l'homme de 44 ans a été interdit d'exercer à vie et confié à la justice.

Après des années de cavale, c'est un soulagement pour les patients, qui qualifient ce dentiste lyonnais de véritable « pervers » : « Il prenait du plaisir à me voir me baver dessus en racontant mes vacances d'été à La Rochelle, ça se voyait dans ses yeux », témoigne Michèle, l'une des victimes du praticien.

« Le praticien a totalement violé le Code de déontologie des chirurgiens-dentistes, qui impose de poser des questions auxquelles les patients peuvent répondre en hochant la tête ou en grognant », précise l'avocat des plaignants. Interrogé par les autorités, le professionnel de santé a tout d'abord nié les faits avant de dévoiler un *modus operandi* particulièrement sordide. Après une première phase de mise en confiance, il attendait que ses patients soient dans un état de vulnérabilité parfaite pour les questionner sur leurs petits-enfants, leur travail ou la santé de leur conjoint.

« Évidemment que je me fous de savoir s'ils font toujours de la randonnée dans le Luberon ou comment s'est passé le gala de danse de la petite dernière. Mais c'était plus fort que moi, j'étais obligé de lancer la discussion, surtout avec ceux qui me fixaient droit dans les yeux, le regard plein de détresse. Je ne suis pas un monstre, vous savez ! » assène le dentiste avant de fondre en larmes.

« IL PRENAIT DU PLAISIR À ME VOIR ME BAVER DESSUS EN RACONTANT MES VACANCES D'ÉTÉ À LA ROCHELLE. »

Selon les plaignants, le praticien aimait aussi particulièrement orienter sa petite lampe de façon à les aveugler tels des lapins pris dans les phares. « Rien n'a été épargné aux victimes : on est sur un véritable cas de sadisme, comme on en voit, hélas, trop souvent chez les dentistes », commente l'avocat de la défense.

INTERNATIONAL

DONALD TRUMP NOMME UN PARTISAN DE LA TERRE PLATE À LA TÊTE DE LA NASA

Le Président élu Donald Trump a provoqué la controverse en choisissant comme nouvel administrateur de la NASA un fervent partisan de la Terre plate. Reportage.

« Je pense qu'il connaît très bien ses dossiers et c'est le meilleur pour le job », a déclaré le Président Donald Trump après la nomination de Walter Johnson, platiste fervent, à la tête de la NASA. L'homme s'est fait remarquer au travers de plusieurs vidéos sur YouTube, comme *Pourquoi les USA ne sont jamais allés sur la Lune*, *La vérité sur la Terre plate*, *Terre creuse : tout ce que les démocrates vous cachent* et *Pourquoi l'Australie n'existe pas*. « C'est le meilleur d'entre nous », a renchéri le président. « Il va faire un très bon travail et montrer que la Terre est bien plate, contrairement à la propagande wokiste », a de son côté affirmé le vice-président Vance. Le premier chantier auquel Walter Johnson s'attellera sera de prouver que c'est bien la Terre qui est au centre du système solaire. « Cette intoxication dogmatique va bientôt cesser, c'est la fin de l'héliocentrisme et le retour du glorieux géocentrisme. »

5 CHOSES QUE VOUS NE SAVEZ PAS SUR DONALD TRUMP

Candidat à la présidence des États-Unis pour la seconde fois, Donald Trump n'en reste pas moins un personnage secret et discret. Voici donc cinq choses que vous ignorez sûrement sur le (peut-être) futur occupant de la Maison-Blanche.

1 – Son véritable nom est Ronaldo Carlos Jimenez Trump

Né à San Cristóbal de Las Casas au Mexique en 1946, Ronaldo Trump a tout fait pour faire disparaître son origine latino, allant même jusqu'à se teindre les cheveux en blond et à prendre plus de 700 heures d'orthophonie pour arrêter de rouler les « rrrrr » une bonne fois pour toutes.

2 – Il joue Mjölnir, le marteau de Thor, dans la saga *Avengers*

Un amour pour la *motion capture* qui lui a permis d'incarner le marteau du célèbre dieu nordique pendant près de quatorze ans, mais également une rangée de maïs dans *Interstellar*, un guéridon dans *Vol au-dessus d'un nid de coucou* et Donald Trump dans *Maman, j'ai encore raté l'avion !*.

3 – Il collectionne les tranches de blanc de dinde

Une impressionnante collection commencée en 1972 et qui comptabilise à ce jour près de 10 776 tranches de volaille (encore sous blister). Rappelons que ce n'est pas là sa seule collection puisque l'ancien président des États-Unis possède également 844 armes à feu, 678 colombes et 41 plaintes pour viol.

4 – Il arrive à toucher son nez avec son doigt

Un tour de force qui lui a demandé des années de pratique au contact de maître Ysun-Lee, gardien du monastère du Tigre doré dans la cordillère des Andes. « C'est une technique bouddhiste très puissante qui me permet de me recentrer sur l'essentiel : l'argent, les femmes et les flingues », avait-il raconté en 2008 sur le plateau de Carole Denver (CBS) avant de se faire un rail de coke sur l'accoudoir de son divan sous les applaudissements du public.

5 – Il a déjà pris l'ascenseur avec Pascal Sellem

C'est en 2012 que les chemins de l'homme d'affaires et du célèbre humoriste français se croisent. Logés dans le même hôtel en France, c'est une montée de près de cinq étages que les deux hommes vont partager pendant près de vingt secondes. Un moment fort dans la carrière de Donald Trump, qu'il évoquera d'ailleurs dans son livre *Encounters that Changed My Life*.

SOCIÉTÉ

PRISON FERME POUR UN SALARIÉ AYANT RÉCHAUFFÉ SON RESTE DE RACLETTE DANS LE MICRO-ONDES DU BUREAU

Malgré l'utilisation d'une cloche pour micro-ondes, l'odeur insoutenable a contraint la hiérarchie du salarié à prendre des mesures radicales.

POUR LE TUPPERWARE DE SARDINES L'ÉTÉ DERNIER, ON N'A RIEN DIT. MAIS LÀ, C'EST LA GOUTTE DE TROP.

Ce devait être une pause-déjeuner comme les autres dans cette petite agence de communication. Pour éviter de payer une formule sandwich + boisson 7,80 euros à la boulangerie d'en face, Florian* (les noms ont été changés par souci d'anonymat) avait rapporté son Tupperware rempli de son repas de la veille : une raclette bien chargée en fromage. « J'avoue que ça fouettait, clairement. Pascale de la compta s'est tout de suite plainte en précisant que ça sentait comme dans la chambre de son fils, mais je n'ai pas vraiment fait attention », explique l'accusé.

Mais rapidement, une odeur pestilentielle a envahi la cuisine de la start-up. « C'est quand notre directeur s'est évanoui en rentrant dans la pièce et que le papier peint a commencé à se décoller des murs que j'ai compris qu'il y avait un problème », poursuit Florian. Au même moment, des pompiers défoncent la porte de l'agence, appelés pour une attaque bactériologique par d'autres occupants du bâtiment, envahis eux aussi par les effluves putrides.

Le directeur de l'agence, qui s'en est sorti avec 12 jours d'ITT et 3 points d'odorat en moins, a décidé de porter plainte. « Pour le Tupperware de sardines l'été dernier, on n'a rien dit. Les choux de Bruxelles aux tripes en septembre, personne ne mange ça, mais admettons, nous sommes en démocratie. Mais là, c'est la goutte de trop. »

Florian a écopé d'une peine de deux ans de prison ferme, avec interdiction d'approcher un micro-ondes pendant six mois. En signe de protestation, l'accusé s'est lancé dans une grève de la faim, se nourrissant exclusivement d'eau aromatisée au maroilles et d'andouillette réchauffée.

INTERNATIONAL

DONALD TRUMP ANNONCE QU'IL ACCEPTE LA DÉFAITE DE KAMALA HARRIS

Donald Trump a annoncé solennellement qu'il acceptaitla défaite de Kamala Harris.

C'est depuis le salon de sa villa de Mar-a-Lago que Donald Trump a annoncé à la presse qu'il acceptait la défaite de sa rivale. « S'il n'y a aucune irrégularité et qu'elle a perdu à la loyale, alors oui, j'accepte le résultat sans problème. » Son plus proche conseiller a d'ailleurs laissé entendre que l'ancien Président accepterait éventuellement que Kamala Harris ne gagne pas l'élection.

ELLE TWEETE « NOT MY PRESIDENT » APRÈS AVOIR PASSÉ DIX JOURS À NEW YORK EN 2012

Clotilde Mongin, une trentenaire parisienne, a été atterrée par l'élection de Donald Trump et n'a pas manqué de le faire savoir sur les réseaux sociaux. Et pour cause : la jeune femme se sent étroitement liée au destin du pays après avoir passé dix jours à New York en 2012.

Son tweet « Not my President » a aussitôt été relayé par nombre de ses connaissances, parmi lesquels Lionel, un collègue de travail qui a fait escale à Miami lors d'un vol retour du Brésil en 2017, mais aussi Vanessa, une amie de longue date qui, faute d'être déjà allée aux États-Unis ou d'avoir la double nationalité, regarde systématiquement les films en VO.

Interrogée sur l'avenir du pays, Clotilde ne cache pas ses craintes pour les quatre années à venir. « J'ai forcément une pensée pour tous mes amis là-bas… Comme Esteban, qui m'a loué son Airbnb dans l'Upper West Side. Ou Karen, cette serveuse qui me servait mon frappuccino chaque matin chez Starbucks à Brooklyn », ajoute la jeune femme avant d'avouer qu'elle ne savait pas si la femme s'appelait véritablement Karen.

INTERROGÉE SUR L'AVENIR DU PAYS, CLOTILDE NE CACHE PAS SES CRAINTES POUR LES QUATRE ANNÉES À VENIR.

Ce n'est pas la première fois que Clotilde prend position pour défendre ce pays qu'elle considère comme sa seconde patrie. En 2016, la jeune femme s'était ainsi insurgée de la victoire de Donald Trump et avait appelé tous les Américains à un sitting dans Times Square afin de protester contre l'élection du milliardaire.

KIM JONG-UN ENVOIE UN MISSILE DE FÉLICITATIONS À DONALD TRUMP

Le dirigeant suprême de la Corée du Nord a salué la victoire de Donald Trump à grand renfort de missiles balistiques à portée intercontinentale.

La hache de guerre serait-elle enterrée entre Kim Jong-un et le Président américain fraîchement élu ? Toujours est-il que, dès l'annonce des résultats officiels des élections américaines, le dirigeant nord-coréen s'est empressé d'armer son plus beau missile en direction des États-Unis.

« En réalité, nous n'avons aucun moyen de savoir où il va atterrir », confie un membre de l'agence d'État nord-coréenne qui souhaite évidemment garder l'anonymat. « Mais on estime qu'il va s'écraser entre New York, Chicago, San Francisco et Houston, à peu près. »

Un cadeau de Pyongyang qui a nécessité plusieurs essais avant d'aboutir, puisque deux missiles ont explosé avant le tir et un troisième a terminé sa course dans le centre de contrôle de lancement, tuant la totalité des équipes techniques.

Kim Jong-un s'est tout de même félicité de cette opération qu'il qualifie de cordiale et pacifique, puisqu'un petit ruban et une carte de vœux avaient été attachés à l'arme nucléaire.

FRANCE-ISRAËL – POUR CAMOUFLER LES CHANTS ANTISÉMITES, LE STADE DE FRANCE DIFFUSERA DES CRIS DE SINGE

Une mesure qui devrait permettre au match de se dérouler sous les meilleurs auspices pour faire rayonner l'esprit du sport avant tout.

« Il est de notre devoir que cette rencontre se déroule comme n'importe quel autre match, a déclaré Philippe Diallo, président de la FFF. Voilà pourquoi ce sont près de vingt minutes de cris de singe à plein volume qui seront diffusées dans l'ensemble du Stade à chaque fois qu'un spectateur entonnera un chant antisémite ou se mettra à faire une ola un petit peu trop statique », ajoute-t-il en faisant glisser le fichier « cris_racistes.mp3 » dans un dossier « Sono ». « Il est important de mettre un instant la haine au vestiaire pour que ce match soit marqué par ce qui fait la beauté du football : des ratonnades fraternelles, du racisme fair-play et des insultes homophobes universelles », conclut-il, les larmes aux yeux, avant de partir dans les tribunes vérifier les câblages.

Un dispositif inédit qui sera déployé jeudi soir sur l'ensemble du Stade de France pour un budget de plus de 14 millions d'euros. 450 caméras, 522 micros et plus de 120 enceintes de trois fois 4 000 watts, le tout braqué pendant quatre-vingt-dix minutes sur les 80 000 spectateurs. De plus, cette installation dite *hatred-proof* ne se limitera pas uniquement aux paroles puisque, en cas de banderoles antisémites brandies par les supporters, un drone portant une bannière « *Peace and Love* » sera immédiatement catapulté dans les tribunes avant d'exploser.

« IL EST DE NOTRE DEVOIR QUE CETTE RENCONTRE SE DÉROULE COMME N'IMPORTE QUEL AUTRE MATCH. »

Un système ingénieux qui, s'il fonctionne jeudi soir, devrait révolutionner le monde du football à plus large échelle en permettant aux cris racistes de continuer à retentir dans les stades sans avoir à accueillir des hooligans alcoolisés et violents pour les proférer.

PROCÈS DU RN : À COURT D'ARGUMENTS, MARINE LE PEN PLAIDE LES EFFETS DE MERCURE EN RÉTROGRADE

Pour échapper aux peines requises par le parquet, la présidente des députés d'extrême droite s'est lancée dans une plaidoirie pour le moins étonnante.

« LA DERNIÈRE FOIS QUE MERCURE A RÉTROGRADÉ, J'AI DIT À JORDAN BARDELLA QU'ELLE ÉTAIT VRAIMENT PASSIONNANTE ET BIEN ÉCRITE, SON AUTOBIOGRAPHIE... »

Retards, oublis, incompréhensions… Mercure rétrograde serait la source de nombreux aléas dans nos vies selon les plus grands astrologues. Et c'est précisément l'argument qu'a avancé Marine Le Pen pour expliquer le détournement de près de 7 millions d'euros d'argent public dans l'affaire des assistants du Parlement européen. « Je suis particulièrement sensible aux mouvements des planètes. La dernière fois que Mercure a rétrogradé, j'ai dit à Jordan Bardella qu'elle était vraiment passionnante et bien écrite, son autobiographie. »

Un phénomène astral synonyme de chaos, qui aurait incité Marine Le Pen à jouer un rôle majeur dans cette affaire, selon son avocat. « Quand on sait qu'en plus, à ce moment-là, elle avait la Lune en Capricorne on devrait plutôt se réjouir : les conséquences auraient pu être bien plus graves pour tout le monde ! » L'avocat cite notamment Richard Nixon qui avait la Lune en Verseau lors du scandale du Watergate, ou encore le responsable communication qui avait Mercure en rétrograde lorsqu'il a eu l'idée du lip dub des Jeunes avec l'UMP en 2010.

Refusant tout commentaire sur cette défense de la dernière chance, Marine Le Pen a toutefois suggéré d'annuler le procès pour rendre le verdict à l'aide d'une planche de Ouija.

PARIS – APRÈS LES ZONES À TRAFIC LIMITÉ, ANNE HIDALGO VEUT TESTER LES ZONES SANS PARISIENS

Accusés de donner une mauvaise image de la capitale auprès des touristes, les Parisiens se verront bientôt refuser l'accès à des « zones sans Parisiens ».

Quelques jours après le lancement des zones à trafic limité (ZTL) dans l'hypercentre de la capitale, la mairie de Paris annonce vouloir aller plus loin en réduisant l'accès à certains quartiers de la capitale pour les Parisiens. La décision fait suite à une étude qui place les Parisiens en tête des nuisances les plus désagréables à Paris, juste devant les travaux et les personnes qui se plaignent des travaux.

Sans préciser la date de leur mise en place, la mairie précise que les nouvelles zones sans Parisiens (ZSP) ne seront accessibles en journée qu'aux détenteurs d'un pass qui sera délivré aux touristes venant visiter la capitale ou aux personnes justifiant d'une activité professionnelle sur place.

Certains professionnels de l'immobilier craignent que la mesure n'ait un impact négatif sur leur activité. « Pour moi, c'est catastrophique. La quasi-totalité de mes locataires résidant à Paris sont des Parisiens », explique un propriétaire inquiet qui appelle à manifester en dehors des zones sans Parisiens.

LA DÉCISION FAIT SUITE À UNE ÉTUDE QUI PLACE LES PARISIENS EN TÊTE DES NUISANCES LES PLUS DÉSAGRÉABLES À PARIS

Soucieuse de proposer aux touristes une expérience plus gaie et authentique de la vie parisienne, la mairie de Paris envisage à long terme de réaménager les ZSP et de recruter des comédiens provenant de villes réputées pour leur convivialité pour remplacer les Parisiens.

Le Gorafi

DÉCEMBRE 2024

GOJIRA PARTICIPERA À LA CÉRÉMONIE DE DESTITUTION DU GOUVERNEMENT BARNIER

Désormais habitué des grandes célébrations nationales, le groupe de métal sera présent pour accompagner la chute du gouvernement en place depuis le mois de septembre.

« Les Français attendent ce moment depuis trois mois, alors on doit se montrer à la hauteur de l'enjeu », commente Joe Duplantier, le chanteur du groupe, avec une grande émotion. Selon nos informations, Gojira ouvrira la cérémonie de destitution devant la cathédrale Notre-Dame, sur laquelle seront projetés les chiffres « 49.3 » en lettres de sang. En arrière-plan, ce sont près de 200 figurants déguisés en Lucie Castets qui assureront une chorégraphie grandiose.

La cérémonie s'annonce pleine de surprises, puisque Lady Gaga sera présente pour livrer une interprétation remplie d'émotion de « L'Internationale », en duo avec Philippe Poutou. « Contrairement à la cérémonie des Jeux olympiques, cette fois la météo est avec nous, sourit Joe Duplantier, même si le froid a contraint Philippe Katerine à se vêtir d'un slip fourré. »

GOJIRA OUVRIRA LA CÉRÉMONIE DE DESTITUTION DEVANT LA CATHÉDRALE NOTRE-DAME, SUR LAQUELLE SERONT PROJETÉS LES CHIFFRES « 49.3 » EN LETTRES DE SANG.

Si tous les détails du show n'ont pas été révélés pour préserver la surprise, les Phryges pourraient faire un retour très attendu en brandissant des pancartes « Macron démission ».

COMME LE VEUT LA PROCÉDURE, MICHEL BARNIER SERA BIEN CATAPULTÉ DÈS LE COUCHER DU SOLEIL

Les derniers préparatifs sont terminés, et la catapulte ministérielle trône actuellement dans la cour de Matignon.

Les rumeurs de début de semaine étaient donc fondées : Michel Barnier sera bien catapulté dès le coucher du soleil, conformément à la procédure inscrite dans une annexe de la Constitution. Héritée du Moyen Âge et jamais abrogée, elle n'a été utilisée que deux fois à travers l'histoire (pour Mazarin et Raymond Barre), mais son usage a été restreint aujourd'hui aux motions de censure.

« VOIR MICHEL BARNIER PARTIR À UNE VITESSE DE 240 KM/H DANS LE CIEL, JE VAIS EN PARLER LONGTEMPS À MES ENFANTS... »

L'installation de la catapulte a nécessité l'intervention d'urgence de six équipes de techniciens et de quatre médiévistes assermentés. Un moment historique pour tous ces acteurs de premier ordre. Comme Sylvain, 41 ans : « C'est un moment qu'on vit qu'une fois dans sa vie. Je suis conscient de la chance que j'ai, car je serai aux premières loges. Voir Michel Barnier partir à une vitesse de 240 km/h dans le ciel, je vais en parler longtemps à mes enfants. »

Quant à Michel Barnier, il s'est montré digne et a déclaré qu'il était « prêt à encourir le châtiment de la catapulte ». Il a cependant obtenu des conditions spéciales : le tir sera effectué à huis clos, sans la présence de journalistes ou du public. Un « énième passe-droit », selon des députés de l'opposition. Le tir aura lieu au coucher du soleil et, selon nos calculs, Michel Barnier devrait atterrir dans la ville d'Asnières-sur-Seine (92). En cas de dégâts éventuels sur un logement ou un local commercial, c'est l'État qui prendra en charge les indemnisations.

5 CHOSES À SAVOIR SUR FRANÇOIS BAYROU, LE NOUVEAU PREMIER MINISTRE

Après plusieurs jours de suspense insoutenable, on connaît enfin le nom du nouveau locataire de Matignon. Voici cinq choses à savoir sur François Bayrou.

1 – Il a la phobie des planches de surf

Une peur assez peu handicapante au quotidien, qui lui a tout de même valu de passer un très mauvais moment en allant voir *Point Break* au cinéma en 1991.

2 – Il joue toujours à *Pokémon GO*

Fidèle au jeu sur smartphone qui avait déchaîné les passions en 2016, François n'a jamais réussi à décrocher en raison du lien étroit qu'il a tissé avec son Dracolosse.

3 – Le générique des *Zinzins de l'espace*, c'est lui

Souvent attribué à Iggy Pop, le générique des *Zinzins de l'espace* a en fait été composé et interprété par François Bayrou. Féru de dessins animés, il a aussi prêté sa voix au petit pingouin Pingu.

4 – Il enfile son pantalon avant ses chaussettes

Un choix qu'il sait audacieux et clivant, mais qu'il assume totalement : au petit déjeuner comme en politique, François n'a pas peur de choquer.

5 – Il a fini 3e dauphine du concours Miss France 1973

Bien avant de se lancer en politique, François Bayrou était déjà fasciné par la lumière et la célébrité. Un attrait qui l'a conduit à se présenter au plus célèbre concours de beauté de France, qu'il a terminé en 4e position en raison d'une chute pendant le défilé en maillot de bain.

MANUEL VALLS S'INTRODUIT À MATIGNON APRÈS QU'UN EMPLOYÉ A LAISSÉ UNE FENÊTRE OUVERTE

À la suite d'une négligence d'un employé de ménage, Manuel Valls a réussi à s'introduire cette nuit dans Matignon avant d'être reconduit à l'extérieur du bâtiment.

« SES TECHNIQUES D'INFILTRATION S'AMÉLIORENT À CHAQUE TENTATIVE. IL REVIENDRA, C'EST SÛR. »

Quelques heures seulement après l'adoption de la motion de censure provoquant le départ de Michel Barnier, Manuel Valls a été surpris dans les couloirs de Matignon. Selon les premiers éléments du rapport de police, l'ancien Premier ministre a réussi à se hisser jusqu'au deuxième étage à l'aide d'un grappin avant de pénétrer illégalement dans le bâtiment en passant par une fenêtre laissée ouverte.

Toujours selon le rapport, il a pu entrer dans le bureau de Michel Barnier grâce à un double des clés en sa possession. L'ancien Premier ministre aurait passé plusieurs heures à l'intérieur du bureau, tentant de former un gouvernement et de faire passer plusieurs décrets, sans succès, avant d'être découvert par un agent de sécurité.

La police a annoncé l'ouverture d'une enquête pour vérifier si Manuel Valls aurait pu bénéficier de l'aide d'un complice agissant depuis l'intérieur. Après vérification, les agents confirment qu'il n'a pas réussi à atteindre le coffre-fort renfermant les stocks de 49.3.

« C'est une vigilance de tous les instants. Ses techniques d'infiltration s'améliorent à chaque tentative. Il reviendra, c'est sûr », lâche un membre de la sécurité, précisant que Manuel Valls n'en est pas à sa première tentative. Déjà, en 2022, il avait été découvert après avoir passé trois semaines caché dans un buisson situé dans la cour de Matignon. En 2020, c'était dans un tunnel de plusieurs centaines de mètres creusé par ses soins.

POLITIQUE

MAYOTTE – FRANÇOIS BAYROU SURVOLERA L'ÎLE SUR GOOGLE MAPS

Afin d'éteindre au plus vite la polémique, le nouveau Premier ministre a fait une annonce forte ce matin aux représentants de la nation.

Après le couac d'hier, François Bayrou se devait de réagir rapidement et de montrer qu'il est totalement impliqué dans la tragédie qui frappe l'île. Le Premier ministre a donc décidé de survoler l'archipel sur son ordinateur portable via l'application Google Maps aux alentours de 18 heures ce soir depuis son bureau de l'hôtel Matignon.

« C'est un geste très fort, moderne, écologique, et ça va me permettre de zoomer où je veux pour constater l'ampleur des dégâts », a expliqué le Béarnais. L'un de ses collaborateurs est moins convaincu par cette méthode : « Les cartes satellites de Google Maps pour Mayotte datent de 2023, mais je n'ose pas le dire à François, qui va encore piquer une colère noire et nous dire qu'on l'enquiquine avec nos âneries. »

« C'EST UN GESTE TRÈS FORT, MODERNE, ÉCOLOGIQUE. »

« François Bayrou devait initialement se rendre sur l'île pour apporter son soutien aux victimes en présentiel, mais son agenda ne lui permet pas », nous confie son assistante personnelle. Après enquête, le Premier ministre retournera à Pau demain matin pour assister à l'inauguration de la patinoire de Noël installée devant la mairie. L'absence du maire serait une vraie tragédie pour les Palois et les commerçants.

POURQUOI VOTRE AMI EXPERT EN CRYPTO EST TOUJOURS LOCATAIRE D'UN STUDIO ?

Alors qu'il a un nouveau bon plan chaque jour qui va le rendre millionnaire très bientôt, il vient de vous demander 10 euros pour s'acheter un sandwich.

Depuis quelques années, la crypto monnaie est devenue un phénomène viral et de nombreuses personnes misent beaucoup dessus pour s'enrichir. L'un de vos amis, Sam, 27 ans et un BTS MUC en poche depuis cinq ans (il a redoublé deux fois), tente régulièrement de vous convaincre de l'intérêt de la crypto : « Non, mais sérieux, bro, en ce moment, ne pas investir dans l'Arbitrum ou dans le Floki, c'est comme connaître le résultat du prochain tirage du loto, mais refuser d'y jouer », vous répète-t-il pendant sa « pause déj » avant de retourner à son poste de « conseiller pôle robot ménager » chez Darty.

« J'AI EU QUELQUES COUPS DURS, MAIS C'EST SURTOUT UN MANQUE DE CHANCE. »

On ne fait pas d'omelette sans casser des PEL

Effectivement, on pourrait croire que sa belle montre a été achetée grâce aux recettes liées à la crypto mais, en creusant un peu, on s'aperçoit que c'est surtout grâce à l'argent offert par sa grand-mère à Noël dernier. « Évidemment que ce n'est pas une science exacte, il y a des hauts et des bas, mais globalement ça reste hyper rentable », dit-il, avant que vous voyiez son solde négatif de 1 710 euros sur une de ses 13 applis de crypto. « J'ai eu quelques coups durs, mais c'est surtout un manque de chance. Là, j'ai eu un tuyau d'un mec qui s'y connaît bien, et en plus, il n'a été condamné que trois fois pour escroquerie, c'est une valeur sûre. »

C'est certainement un hasard si ce même ami vous avait encouragé il y a quelques années à vous mettre à fond dans les paris sportifs : « Moi, je mise sur le championnat de cricket indonésien, c'est une valeur sûre avec des super cotes », disait-il, avant de découvrir que tout était totalement corrompu et de perdre 800 euros en trois paris. Heureusement, cette fois, il est en veine et devrait bientôt toucher une coquette somme à investir : « Il y a un prince nigérian qui m'a contacté pour que je l'aide, et en contrepartie il va me donner 100 000 euros ! Quand j'aurai investi tout ça en crypto, je vais être le nouveau Elon Musk », vous dit-il avant de fumer un mégot qu'il a ramassé par terre.

SECRET SANTA : 6 IDÉES CADEAUX POUR « L'AUTRE CON »

Cette année encore, vous avez eu la malchance de tirer le nom de Guillaume Larbusier, ce collègue que vous supportez à peine au quotidien. Pourtant, il va falloir lui trouver un cadeau à moins de 10 euros. Heureusement, Le Gorafi ne vous laisse pas seul face à ce dilemme et vous propose six idées de cadeaux parfaits pour «l'autre con».

1 – Une boîte de Mon Chéri

D'après une étude, ces chocolats à la liqueur ne plaisent qu'à 1 personne sur 100 000. Vous avez donc 99 999 chances de viser juste et d'offrir un cadeau parfaitement indésirable.

2 – Un puzzle de 10 000 pièces représentant un ciel gris

Une activité qui devrait l'occuper pendant des années, le rendre fou et le faire sombrer dans la drogue et l'alcool, et ainsi lui faire perdre son emploi.

3 – Un chat angora

Vous savez qu'il est allergique et asthmatique, un cadeau qui ne se refuse pas. Direction la SPA pour récupérer un compagnon à poils longs gratuitement.

4 – Une brosse à cheveux

Tout le monde le sait, Guillaume supporte très mal sa calvitie. Imaginez la gêne lorsqu'il ouvrira son paquet devant l'open space hilare.

5 – Une photo de sa femme

Amandine l'a quitté il y a deux ans et il ne s'en est toujours pas remis. Depuis, à chaque fois qu'il revoit une photo d'elle, il pleure comme un bébé. Parfait.

6 – Le livre *Le Meilleur du Gorafi 2024*

D'accord, c'est légèrement au-dessus de 10 euros, mais en lisant *Le Gorafi,* il apprendra enfin à devenir quelqu'un de respectable et de drôle. Et rien ne vous empêche de le feuilleter avant de lui offrir, histoire d'en profiter un peu.

QUEL VIN CHOISIR POUR ACCOMPAGNER UNE DISCUSSION SUR LE WOKISME À NOËL ?

Les cadeaux sont sous le sapin, la bûche est au frais : il ne reste plus qu'à choisir un bon vin pour accompagner le traditionnel débat du réveillon sur le wokisme. Les conseils de notre sommelier politique.

Un rosé sec

Assez clivant sur la table du réveillon, le rosé fait pourtant des merveilles avec les fruits de mer. Optez pour un cabernet-d'anjou, dont la fraîcheur et la légèreté seront les bienvenues après que votre beau-frère Thierry aura lancé le débat sur « l'omniprésence des Noirs et des homos dans les pubs à la télé, à croire que les Blancs hétéros, ça existe plus », vous autorisant à finir votre verre cul sec.

Un vin rouge léger

Avec une viande ou au moment du fromage, un pinot noir viendra sublimer les propos de votre sœur (la femme de Thierry) au sujet des personnes non binaires. Ses arômes de fruits rouges frais et son acidité modérée contrebalanceront à la perfection ses propos sur « les gamins dans la rue qu'on sait même plus si ce sont des garçons ou des filles ».

Un cubi de vin blanc

Même si tout le monde autour de la table a manifestement bien assez bu, suggérons pour le dessert un cubi de vin blanc choisi avec soin, en fonction de la qualité du dessin sur le carton d'emballage. Cet assemblage de viognier, de vin de Savoie et d'alcool à brûler saura ravir les palais de vos convives au moment d'évoquer le féminisme, dont l'unique but est de castrer les hommes à gros coups de livres de Mona Chollet.

QU'EST-CE QUE LE « MANGING EN FAMILLE », CETTE TENDANCE QUI REVIENT SOUVENT À NOËL ?

Ce phénomène annuel est souvent lié à un autre qui survient en moyenne une semaine plus tard : le « soiring entre potes ».

Si vous êtes un peu sur les réseaux, vous n'avez pas pu louper cette tendance qui intervient autour des 24 et 25 décembre de chaque année. Presque aussi puissant que la chanson « All I Want for Christmas Is You », le « manging en famille » s'apprête lui aussi à faire son grand retour cette année. Alors, quèsaquo ? Voici l'explication d'un influenceur : « Le "manging en famille", en fait, c'est autant une activité qu'un *mindset*. En gros, le délire, c'est de se retrouver avec ses parents, ses enfants si on en a, des frères et sœurs, cousins, etc., de tous s'asseoir dans la même pièce et de consommer de la nourriture tout en discutant. »

Ce phénomène est chaque année partagé en abondance sur les réseaux, ce qui a probablement dû créer la viralité de cette tendance, car on estime aujourd'hui à près de 91 % le nombre de Français qui la suivent chaque fin d'année : « Je ne sais plus exactement comment ça a commencé, j'étais tout petit, mais mes parents avaient dû en voir d'autres faire ça sur un réseau social de l'époque qui s'appelait la télé, je crois », nous explique Enzo, 19 ans.

« LE "MANGING EN FAMILLE", EN FAIT, C'EST AUTANT UNE ACTIVITÉ QU'UN *MINDSET*. »

La fin d'année, une période propice aux nouvelles trends

En plus de cette tendance, d'autres surgissent régulièrement autour de décembre. On pense évidemment au « soiring entre potes » qui consiste à se retrouver en fin de journée avec plusieurs amis ou amis d'amis dans un même endroit, afin de boire, manger et danser pendant plusieurs heures. Il y a également le phénomène gastronomique de « fromage fonding », où l'idée est de consommer du fromage à plusieurs mais en le chauffant, plutôt qu'en le mangeant froid. Mais on pense également à la tendance du « outside dorming », qui consiste à dormir dehors car on n'a pas les moyens de se payer un logement. Une tendance qui prend de l'ampleur chaque année, grâce aux efforts des différents gouvernements.

FRANÇOIS BAYROU DÉCOUVRE MANUEL VALLS DANS UNE FENÊTRE DE SON CALENDRIER DE L'AVENT

Alors qu'il se réjouissait d'ouvrir une fenêtre de son calendrier de l'Avent, le Premier ministre a eu la mauvaise surprise de découvrir que Manuel Valls s'y cachait.

IL PENSAIT ENFIN S'EN ÊTRE DÉBARRASSÉ MAIS L'A DÉCOUVERT VERS 23 HEURES « ROULÉ EN BOULE DERRIÈRE LE SAPIN ».

« Je me faisais une joie d'ouvrir ce calendrier, j'avais parfumé la maison avec de l'encens et lancé ma playlist de Noël, ça a brisé toute la magie. » C'est avec des sanglots dans la voix que François Bayrou a exprimé sa tristesse et sa déception au micro de BFMTV après avoir découvert que Manuel Valls s'était dissimulé dans une fenêtre de son calendrier de l'Avent. D'après le Premier ministre, c'est sa soirée complète qui a été gâchée puisqu'il a eu beaucoup de mal à chasser l'ancien conseiller municipal de Barcelone de chez lui, celui-ci s'étant « accroché à sa jambe » en le suppliant de « lui trouver un poste ». Après une bonne heure de pourparlers, il pensait enfin s'en être débarrassé mais l'a découvert vers 23 heures « roulé en boule derrière le sapin ».

D'horribles cauchemars

Contraint d'appeler la police, François Bayrou a malgré tout eu du mal à fermer l'œil de la nuit, faisant d'horribles cauchemars dans lesquels il retrouvait Manuel Valls dans la porte du frigo ou dans la boîte à gants. Après avoir très mal dormi, il s'est réveillé fatigué mais soulagé de constater que l'ancien Premier ministre de François Hollande était parti pour de bon.

Cette histoire fait écho au sondage paru en décembre 2023 qui révélait que la première crainte des Français était de trouver Manuel Valls dans un cadeau le 25 au matin.

SPORT

LES FRÈRES LEBRUN ANNONCENT METTRE UN TERME À LEUR CARRIÈRE APRÈS AVOIR DÉCOUVERT LE *BEER PONG*

Après un week-end loin des compétitions, les deux champions français de tennis de table Alexis et Félix Lebrun ont annoncé leur retrait du circuit international au profit d'une toute nouvelle activité : le *beer pong*. Selon leur entraîneur, il a suffi de quelques minutes d'inattention pour que les deux frères réussissent à échapper à la surveillance de leur entourage pour rejoindre un groupe d'étudiants qui organisaient une fête à proximité de leur centre d'entraînement.

Ils ont été retrouvés plusieurs heures plus tard après avoir écumé de nombreux bars de la région, semant la désolation en remportant plusieurs tournois de *beer pong*. « C'était un vrai carnage. Nous avons ramassé plusieurs dizaines de personnes en coma éthylique qui venaient de les affronter », explique un membre de la sécurité civile qui a été dépêché sur place en urgence.

Dans un communiqué officiel diffusé sur leurs réseaux sociaux, les deux frères affirment vouloir tourner définitivement la page du tennis de table pour se consacrer pleinement à leur nouvelle passion : boire des mojitos cul sec et plier des étudiants en première année. « Jouer au tennis de table avec une simple raquette nous est aujourd'hui impossible », précisent-ils, tout en annonçant une tournée des plages pour l'été 2025.

75 % DES FRANÇAIS FAVORABLES AU REMPLACEMENT DE FRANÇOIS BAYROU PAR UN RATON LAVEUR

Selon un sondage Ipsos pour *Le Parisien*, 75 % des Français souhaiteraient déjà remplacer le nouveau Premier ministre par un raton laveur.

Le moins que l'on puisse dire est que François Bayrou n'est pas un Premier ministre très populaire. 75 % des citoyens aimeraient en effet qu'il soit remplacé par un raton laveur qu'ils jugent « plus dynamique », « doté d'un plus grand charisme » et surtout « bien plus compétent en économie ». Si l'animal nocturne arrive en tête pour prendre la place du nouveau Premier ministre, les personnes interrogées, qui pouvaient donner plusieurs réponses, ont également largement plébiscité le géranium (71 %), le presse-papiers (67 %), le bigorneau (64 %), l'allume-cigare (59 %) ou encore le tatou nain d'Argentine (56 %).

Une reconversion toute trouvée

Interrogés sur la reconversion du maire de Pau, les Français voient bien le Premier ministre devenir agent municipal à Arthez-de-Béarn (78 %), conseiller bancaire à la poste de Serres-Castet (73 %) ou chargé d'accueil au centre thalasso de Cambo-les-Bains (68 %). Beaucoup d'entre eux reconnaissent également le confondre régulièrement avec Jean-Pierre Raffarin (66 %), Jean-Marc Ayrault (55 %) et un labrador (51 %).

Ce n'est pas la première fois que les Français accueillent avec beaucoup de réticence la nomination de François Bayrou à un poste important. En 1993, déjà, un sondage révélait que 82 % des citoyens auraient préféré, comme ministre de l'Éducation nationale, une scie sauteuse électrique.

POUR REMONTER LE MORAL DES FRANÇAIS, L214 SORT SON BÊTISIER 2024

Gamelles en tout genre et gags à gogo, L214 a dévoilé son traditionnel bêtisier de l'année pour le plus grand bonheur des petits et des grands.

C'est une vidéo surprenante qui vient d'être publiée par L214 sur sa chaîne YouTube. Sobrement intitulée *LOL214 (BÊTISIER 2024)*, ce sont près de deux heures et demie de bourdes, gamelles et autres gaffes plus hilarantes les unes que les autres en plein cœur des abattoirs que les internautes ont pu découvrir, le tout rythmé par la voix off de Camille Combal. « Mauvaise semaine pour ce boucher chevalin qui aurait mieux fait de regarder où il mettait les pieds », peut-on l'entendre, goguenard, alors qu'un ouvrier d'abattoir glisse de façon pataude sur une grosse flaque de sang de jument avant de chuter violemment sur le sol. Ou encore «Et on pense fort à ce cochon qui a décidé de se la jouer *Prison Break*… Yes, we couenne!» pendant qu'un porcelet réussit à sauter hors d'un broyeur à jambon, le tout ponctué par un son de flûte à coulisse.

« ENFIN UNE VIDÉO FEEL GOOD EN PLEIN CŒUR D'UN ABATTOIR. IL ÉTAIT TEMPS ! »

Une compilation burlesque à mourir de rire qui a fait le bonheur des internautes. S_Thomas, par exemple, commente: «Ha ha ha! Je me suis tellement marré que j'ai recraché mon steak! Énorme!» Un avis partagé par Toastinette_du_44: «Enfin une vidéo feel good en plein cœur d'un abattoir. Il était temps ! P.-S.: C'est quoi la musique ? Elle donne trop la pêche!!» D'autres en revanche semblent hermétiques à la démarche, comme Cajolin_le_Pangolin qui s'insurge: «J'ai trouvé ça d'un mauvais goût absolu… Mettre des rires enregistrés en 2024? Sérieusement??… Quel massacre!»

Le Gorafi

JANVIER 2025

POLITIQUE

JEAN-MARIE LE PEN DEVIENT ENFIN UN DÉTAIL DE L'HISTOIRE

Après sa mort, l'ancien leader de l'ex-Front national devenu Rassemblement national a eu la surprise de découvrir qu'il était devenu un détail de l'Histoire.

« C'est scandaleux, après tout ce que j'ai fait, tous mes dérapages racistes et mes insultes xénophobes, j'attendais une meilleure place dans l'Histoire », a-t-il protesté et tenté d'interpeller une statue de Jeanne d'Arc qui passait au loin. L'ancien dirigeant d'extrême droite a annoncé avoir déposé un recours en annulation qui a peu de chance de voir le jour vu que tout le monde s'en fout, car il est mort. Selon d'autres experts, en dehors des hors-séries de *Valeurs actuelles*, son nom même devrait progressivement disparaître pour ne plus être prononcé que durant les premiers anniversaires de son décès, ou quand il faudra appeler à faire barrage. Puis l'oubli sera total et certain, et quasi définitif.

POLITIQUE

AVANT DE MOURIR, JEAN-MARIE LE PEN A VU TOUTE SA VIE DÉFILER DEVANT SON ŒIL

Disneyland Paris vient de présenter une nouvelle attraction qui devrait changer l'expérience de ses visiteurs.

Disneyland Paris a tenu une conférence de presse lors de laquelle les futures attractions du parc ont été présentées. Parmi celles qui ont retenu notre attention, il y a la « Fast and Queurious », qui permet à ses visiteurs de connaître la sensation de ne pas faire la queue trop longtemps. « On voulait donner la possibilité aux pauvr… euh… aux gens qui n'ont pas les moyens d'acheter des Fast Pass de voir ce que ça fait de ne pas trop attendre, explique Maryline Dufier, porte-parole du parc. D'après les premiers retours, cette attraction est fortement attendue des fans, on espère donc ne pas les décevoir. »

D'après les estimations réalisées par le parc, pour profiter de cette attraction, il faudra intégrer une file d'attente de soixante à quatre-vingt-dix minutes. Mais n'est-ce pas là le prix à payer pour en profiter pleinement ?

FILMÉ EN TRAIN D'ENVAHIR LA POLOGNE, ELON MUSK ÉVOQUE UN « GESTE MALADROIT »

Le milliardaire américain se montre chaque jour de plus en plus impliqué dans la vie politique européenne. Au point d'avoir été surpris aux commandes d'un char d'assaut en train de mener tout seul une offensive sur le territoire polonais.

« MOI, JE NE VOIS QU'UN HOMME QUI S'ADONNE À UNE COURSE DE CHARS, DANS LA PLUS PURE TRADITION ROMAINE. »

Plusieurs jours après avoir effectué un salut nazi lors de l'investiture de Donald Trump, Elon Musk continue d'inquiéter par ses dérapages. Le dernier en date : une vidéo le montrant en train de mener une incursion en Pologne aux commandes d'un char d'assaut.

Depuis l'arrivée au pouvoir de Donald Trump, Musk multiplie les gestes connotés à destination des sphères de l'ultra-droite, tout en niant faire l'apologie du nazisme. Déjà, la semaine dernière, il avait été aperçu dans une brasserie de Munich, paraphant les statuts d'un nouveau parti politique.

Deux jours plus tôt, il s'affichait au siège de la marque Hugo Boss pour présenter le nouveau design des uniformes de l'armée américaine.

Face à une pluie de critiques l'accusant de faire l'apologie des symboles nazis, le milliardaire américain évoque un « geste maladroit », reprochant à ses détracteurs « d'exagérer dans le seul but de lui faire un coup tordu ». Plusieurs élus français d'extrême droite sont aussi venus à son secours, évoquant une polémique stérile. « L'extrême gauche voit des nazis partout. Moi, je ne vois qu'un homme qui s'adonne à une course de chars, dans la plus pure tradition romaine », a déclaré dans un tweet le député UDR Éric Ciotti.

SOCIÉTÉ

LE PREMIER HOMME À AVOIR RÉUSSI À SE CONNECTER AU WI-FI SNCF AVOUE AVOIR MENTI

C'est une confession qui secoue l'Hexagone et plonge la SNCF dans l'embarras : Jean-Michel D., 42 ans, présenté comme le premier Français à avoir réussi à se connecter au Wi-Fi dans un train de la SNCF, a finalement avoué avoir menti.

« J'ai inventé toute cette histoire », a-t-il déclaré, la voix tremblante, lors d'une conférence de presse improvisée devant la gare Montparnasse. « Je n'ai jamais réussi à accéder au réseau. Tout ça était un coup de bluff pour faire parler de moi et impressionner mes collègues. »

Usagé régulier de la ligne Paris-Bordeaux, il avait suscité l'admiration et la jalousie de millions de voyageurs lorsqu'il avait publié un selfie triomphant sur les réseaux sociaux avec le message : « Et voilà, connecté au Wi-Fi SNCF ! » Le post était devenu viral, accumulant des milliers de partages et des commentaires incrédules.

Un service 100 % opérationnel dès 2042

« J'ai même reçu des félicitations de la part du ministre des Transports, se souvient-il, le regard perdu dans le vide. Mais la vérité, c'est que je captais juste la 4G de mon smartphone. »

De son côté, la SNCF a décidé de ne pas commenter l'affaire mais promet d'améliorer la qualité de ses services internet à bord de ses trains d'ici 2042.

LE FORCENÉ QUI METTAIT DE LA COMPOTE DE POMMES DANS LES GALETTES DES ROIS ABATTU PAR LE RAID

Saint-Brieuc – Le sadique qui fourrait les galettes avec de la compote vient finalement d'être abattu par le Raid après des années de cavale. Récit.

C'est une traque longue de plus de trente ans qui vient de s'achever ce jeudi après-midi. Alors qu'elle est occupée à ranger des boîtes de pêches au sirop dans les rayons, Martine H., employée du supermarché Leclerc de Saint-Brieuc, remarque un homme au comportement étrange près du stand « Épiphanie ». « Il ouvrait les galettes les unes après les autres pour les remplir de compote, raconte-t-elle, interloquée. De la compote de pommes. Verte. Chimique. Immonde, poursuit-elle, la voix tremblante. J'ai aussitôt couru vers Nassim, notre agent de sécurité, qui s'est immédiatement jeté sur son portable pour appeler des renforts », conclut-elle avant de fondre en larmes.

LE FORCENÉ SORT UNE SERINGUE DE SON BLOUSON AVANT DE MENACER D'INJECTER DE LA LIQUEUR DE CERISE À L'INTÉRIEUR DE CHOCOLATS NOIRS LINDT.

Quelques minutes plus tard, c'est toute l'unité d'intervention du Raid qui débarque dans les rayons du supermarché. L'homme, Pedro Alvarez, 54 ans, est alors mis en joue par plus de 40 policiers armés jusqu'aux dents. Le forcené décide de jouer le tout pour le tout et sort une seringue de son blouson avant de menacer d'injecter de la liqueur de cerise à l'intérieur de chocolats noirs Lindt Excellence. Il n'en faudra pas plus pour que les hommes du Raid vident immédiatement l'intégralité de leurs chargeurs sur le psychopathe avant de mettre en sécurité dans la réserve les galettes, la boîte de chocolats noirs et les clients du supermarché.

Une histoire tragique qui laisse derrière elle des centaines de milliers de victimes encore traumatisées. De son côté, le ministre de la Justice Gérald Darmanin s'est félicité de « cette intervention rapide qui a potentiellement sauvé des milliers de vies cette année pendant les fêtes », déclarant également « tout mettre en œuvre pour arrêter une bonne fois pour toutes le cinglé qui s'amuse à mettre du citron dans les madeleines ».

POLITIQUE

LE PROCHAIN NUMÉRO DE RENDEZ-VOUS EN TERRE INCONNUE EMBARQUERA ÉLISABETH BORNE DANS UNE ÉCOLE PUBLIQUE

Inédit : l'émission créée par Frédéric Lopez accueillera pour la première fois une personnalité politique en fonction.

L'émission phare du service public vient de dévoiler le casting de son prochain numéro, et c'est la ministre de l'Éducation nationale qui partira à la découverte d'un monde dont elle ignorait encore totalement l'existence il y a quelques semaines : l'Éducation nationale. Laury Thilleman, la nouvelle animatrice de l'émission, nous dévoile quelques secrets de tournage, réalisé au début du mois : « C'était très touchant. Quand je lui ai enlevé le bandeau des yeux et qu'elle s'est rendu compte qu'elle était dans une salle de classe, elle a hurlé et demandé qu'on la rapatrie d'urgence à Paris. »

La production a dû intervenir pour la convaincre de rester : « Le contact a été établi avec la tribu des enseignants, qui lui ont expliqué leur quotidien avec les élèves, les programmes et les difficultés rencontrées. C'est à ce moment-là que la ministre a choisi de quitter la conversation sans prévenir », raconte un membre de l'équipe.

Michel Sardou chez les fans de reggaeton

Du côté des proches d'Élisabeth Borne, on assure qu'elle est rentrée pas du tout chamboulée par ce périple. « Ça ne lui a fait ni chaud ni froid de rencontrer élèves et professeurs. Leur vie et leurs problèmes ne l'intéressent pas, elle préfère vapoter à l'Assemblée. »

Le prochain numéro, diffusé en avril, s'annonce tout aussi palpitant : Michel Sardou partira à la rencontre d'une famille passionnée de gauchistes fans de reggaeton.

UN FAUX CLOVIS CORNILLAC RÉUSSIT À ESCROQUER 7 EUROS À UNE FEMME SUR INTERNET

Les « arnaques à l'amour » sur internet deviennent de plus en plus courantes ces dernières années, et après le cas édifiant de la victime qui a envoyé plus de 800 000 euros à un faux Brad Pitt, c'est au tour de Marie-Claude, 51 ans, d'être dupée par un faux Clovis Cornillac. L'escroc, basé au Nigéria, lui aurait escroqué 7 euros par un virement Western Union. Témoignage.

«J'y ai cru… Tout avait l'air tellement vrai, confie avec un peu d'amertume Marie-Claude. Ça a commencé avec un message sur Facebook. C'était Clovis Cornillac qui me demandait si j'avais vu ses films *Si on chantait* ou *Monsieur le Maire*. Évidemment, je ne les avais pas vus. Alors il a commencé à me draguer, me dire que j'étais belle, qu'il était amoureux de moi… Et moi, comme une idiote, j'ai pensé que c'était le vrai. »

Le piège se referme

L'escroc, ou «brouteur», commence alors à devenir de plus en plus pressant. Il envoie jusqu'à 200 messages par jour à Marie-Claude. «J'ai commencé à me dire que j'avais un lien particulier avec Clovis… Je commençais à tomber amoureuse. Et puis il m'a demandé de l'argent. 10 000 euros, 20 000 euros, pour qu'il réalise un film. J'étais prête à lui donner, jusqu'à ce qu'il me dise que c'était pour faire la suite du film *Scorpion*. Là, j'ai dit stop. Je lui ai dit que le maximum que je puisse lui donner, c'était 7 euros. Il a accepté. Avec le recul, je me dis que la situation aurait vraiment pu dégénérer si l'escroc avait pris l'identité d'un bon acteur. Dans mon malheur, j'ai eu un peu de chance.»

« AVEC LE RECUL, JE ME DIS QUE LA SITUATION AURAIT VRAIMENT PU DÉGÉNÉRER SI L'ESCROC AVAIT PRIS L'IDENTITÉ D'UN BON ACTEUR. »

Aujourd'hui, Marie-Claude se reconstruit et participe à des actions de prévention sur les arnaques à l'amour. Clovis Cornillac, lui, n'a pas souhaité réagir à cette affaire mais a précisé qu'il serait preneur des 7 euros, «si jamais Marie-Claude pouvait le dépanner».

APRÈS UNE SÉANCE D'HYPNOSE, FRANÇOIS BAYROU DÉCOUVRE QU'IL ÉTAIT UN YAOURT DANS UNE VIE ANTÉRIEURE

Coup de tonnerre pour le Premier ministre François Bayrou après avoir découvert qu'il n'était ni plus ni moins que la réincarnation d'un yaourt nature.

« En vingt ans de métier, je n'ai jamais vu ça, nous confie Caroline Mottier, hypnothérapeuthe dans le 11e. Lorsque M. Bayrou est entré dans mon cabinet, il m'a dit qu'il voulait avoir recours à l'hypnose pour enfin commencer à fumer, explique-t-elle en ajustant ses lunettes. J'ai à peine eu le temps de sortir mon pendule qu'il a soudainement basculé en avant, avant de convulser violemment sur le parquet, poursuit-elle, estomaquée. C'est là qu'il s'est mis à tenir des propos parfaitement incohérents : "Je suis un yaourt nature 0 %", "Mon corps, c'est du lait cuit" ou encore "Mmmmhh, que je suis onctueux, sans couleur, sans morceaux et sans goût" », conclut-elle en se grattant la joue.

Une expérience hors du commun qui, selon des sources proches, aurait agi comme « un électrochoc » pour François Bayrou. « Découvrir à 73 ans qu'on était auparavant un yaourt, c'est sûr que ça laisse des traces », nous confie Nadine, une collaboratrice. Prostré dans son bureau depuis hier soir, l'actuel Premier ministre aurait même été surpris à vider l'intégralité d'une bouteille d'Actimel cul sec pour faire passer la nouvelle.

Une destinée atypiquement molle et qui ne devrait pas s'arrêter là puisque, selon plusieurs médiums, l'âme de François Bayrou aurait 95 % de chances à sa mort de se réincarner dans le bout d'un lacet de mocassin Bata.

EN HOMMAGE À JEAN-MARIE LE PEN, CNEWS JETTERA TOUS SES CHRONIQUEURS D'ORIGINE ALGÉRIENNE DANS LA SEINE

La chaîne d'information a annoncé se séparer d'une partie de son personnel pour rendre hommage à Jean-Marie Le Pen.

Au lendemain de la disparition de Jean-Marie Le Pen, l'émotion laisse place aux hommages à l'antenne de la chaîne d'information CNews. Pour marquer le coup, la direction de la chaîne a annoncé qu'elle voulait organiser une grande marche au cours de laquelle elle projette de jeter l'ensemble des chroniqueurs du groupe Canal+ d'origine algérienne dans la Seine. Un geste symbolique qui, selon le directeur de la chaîne Serge Nedjar, vise à rendre au fondateur du Front national «l'hommage qu'il mérite».

Un hommage auquel s'est associée la police nationale qui, par la voix du ministre de l'Intérieur Bruno Retailleau, a affirmé qu'elle souhaitait consacrer une journée au contrôle au faciès ciblant les personnes d'origine nord-africaine le jour de l'enterrement de Jean-Marie Le Pen.

UN HOMMAGE AUQUEL S'EST ASSOCIÉE LA POLICE NATIONALE QUI A AFFIRMÉ QU'ELLE SOUHAITAIT CONSACRER UNE JOURNÉE AU CONTRÔLE AU FACIÈS CIBLANT LES PERSONNES D'ORIGINE NORD-AFRICAINE.

D'autres initiatives visant à honorer la mémoire de Jean-Marie Le Pen ont vu le jour ces dernières heures. *Le Journal du*

Dimanche annonce de son côté vouloir organiser une grande chasse aux rouquins dans les rues de Paris. « Même si le cœur n'y est pas, on espère que les gens joueront le jeu et qu'on pourra en faire courir quelques-uns », explique depuis son bureau le directeur de la rédaction Geoffroy Lejeune avec des trémolos dans la voix, avant de repartir regarder ses vidéos de Jean-Marie Le Pen en pyjama tout en mangeant un pot de glace géant.

DIVERTISSEMENT

VINGT ANS PLUS TARD, IL COMPREND ENFIN UNE SCÈNE DE *MULHOLLAND DRIVE*

Nolan a enfin compris quelque chose au chef-d'œuvre de David Lynch vingt-trois ans exactement après l'avoir regardé pour la première fois. Explications.

Depuis son premier visionnage du film, en 2001 au cinéma, Nolan n'avait revu le long-métrage de David Lynch que 98 fois, et c'est en le regardant à l'envers et en accéléré que tout s'est illuminé. « Je crois vraiment que j'ai compris quelque chose à une scène, s'enthousiasme le quadragénaire avant d'expliquer : En fait, la clé, dans ce film, j'ai l'impression, c'est que parfois le rêve se mélange à la réalité et que tout n'a pas forcément un sens précis. » Puis d'ajouter : « J'ai compris également que Mulholland Drive est le nom d'un lieu. Je sens que le film n'aura bientôt plus aucun secret pour moi pour peu que je le visionne encore une bonne centaine de fois. »

Le début de quelque chose

Tout à son bonheur soudain, Nolan est intarissable et cherche tous les moyens possibles pour creuser cette première piste qui laisse entrevoir de nouveaux horizons : « Un ami m'a dit que si on regardait *Blue Velvet* juste avant et *Lost Highway* juste après, on ne comprenait pas davantage, mais on se sentait moins bête de ne rien comprendre. » Il conclut : « J'essaierai peut-être plus tard, là, j'en suis à la saison 3 de *Twin Peaks*, mais je vais sans doute recommencer depuis le début parce que y a trop de choses que je pige pas du tout. »

« JE SENS QUE LE FILM N'AURA BIENTÔT PLUS AUCUN SECRET POUR MOI POUR PEU QUE JE LE VISIONNE ENCORE UNE BONNE CENTAINE DE FOIS... »

SHEIN VA DÉSORMAIS INDIQUER SUR SES T-SHIRTS L'ÂGE DE L'ENFANT QUI LES A FABRIQUÉS

La nouvelle va ravir les fans de la célèbre enseigne de prêt-à-porter : à partir de 2025, Shein indiquera sur l'étiquette de ses T-shirts l'âge de l'enfant qui les a fabriqués ainsi que le nom du camp de travail dans lequel ils ont été conçus.

« TRAITEZ-MOI DE GAUCHISTE OU DE BIEN-PENSANT, MAIS DANS CES CONDITIONS, JE N'ACHÈTERAI JAMAIS DU MOINS DE 12 ANS… »

Une démarche qui a été saluée par de nombreux internautes sur les réseaux sociaux, à l'image de Fafou82, qui écrit : « C'est impensable aujourd'hui de ne pas connaître l'âge de l'enfant qui dort deux heures par nuit et mange des racines bouillies trois fois par jour pour fabriquer nos habits. Traitez-moi de gauchiste ou de bien-pensant, mais dans ces conditions, je n'achèterai jamais du moins de 12 ans. »

Même son de cloche au département marketing de plusieurs grandes marques comme Asos, qui salue « une avancée significative en matière de RSE ». « C'est un véritable électrochoc pour toute l'industrie. C'est pourquoi chez Asos nous avons emboîté le pas à Shein et proposons même une politique "Un T-shirt acheté, un bol de riz offert" », détaille Sylvie Bouillard, responsable du marketing.

Galvanisé par ces retours positifs, Shein ne compte pas en rester là et planche d'ores et déjà sur de nouvelles avancées pour 2025. Parmi elles, la possibilité de choisir directement en ligne l'enfant ouïghour qui fabriquera l'habit. « Et peut-être même d'entamer une correspondance et de lui envoyer une photo de vous portant le T-shirt en question », s'enthousiasme-t-on au sein de l'enseigne.

COMMENT *NUDGER* VOTRE QUOTIDIEN ET *RESET* VOTRE *MINDSET* POUR *BAN* LES ANGLICISMES ?

Vous avez envie de *twister* vos *skills* pour *rebooster* le *french* dans votre *life* ? Le Gorafi vous donne ses *best tips* pour *cancel* vos *habits* et tout *resize from scratch*.

Ce n'est pas toujours *easy* de changer son *mindset* et de pivoter son fonctionnement. Mais à l'heure de l'invasion des anglicismes, le *come-back* du français dans les *talks*, les *pitchs* et les *debriefs* est à la fois un *challenge* et un *must have*. C'est aussi un bon moyen d'être différenciant et d'*upgrader* son *business*. L'important est de savoir se *driver* et ne pas trop se laisser impacter par la coolitude anglophone tout en résistant au *french bashing* afin de rester *focus*. L'une des *golden rules*, c'est d'y aller *step by step* et de ne pas essayer d'adopter tout de suite tout le *package*.

Un programme *catchy*

L'autre *tip* consiste à *pimper* vos *events* avec des slogans en français mais super *punchy* pour redonner du peps au *Molière language*. Si vous sentez que petit à petit ça matche avec vos interlocuteurs et qu'ils ne vous prennent pas pour un *loser*, c'est un premier *win*. Troisième *step* : *customisez* vos *speechs* avec quelques mots français un peu *old* (mais stylés pour éviter le *crash*). Si là encore, vous sentez que ça *fit* bien, c'est que vous êtes dans le bon *process*. Il ne vous reste plus qu'à l'implémenter au quotidien et à vous fixer une *deadline* pour atteindre vos *goals*.

SUR QUELLE PLATEFORME INSULTER DES INCONNUS APRÈS AVOIR QUITTÉ X ?

Alors que de plus en plus d'internautes quittent le réseau social d'Elon Musk en raison de l'absence de modération, une question hante tous les esprits : sur quel réseau social allez-vous pouvoir insulter des inconnus après avoir quitté X ? Le Gorafi vous informe.

1 – LinkedIn

Entre la morning routine d'un obscur coach en développement personnel qui préfère courir 17 kilomètres à 6 heures du matin en janvier plutôt que manger des tartines en slip, et les coups de gueule de Carole qui trouve que la Gen Z ne veut plus travailler (un candidat a encore refusé son offre de stage pour être développeur/graphiste/*community manager* senior), faut-il encore expliquer pourquoi LinkedIn est la plateforme idéale pour insulter des inconnus ?

2 – Bluesky

Petite sœur de Twitter devenue indépendante en 2021, cette plateforme a déjà séduit des célébrités prestigieuses comme Stephen King, Guillermo del Toro, Lizzo ou encore Thierry Breton. De quoi faire frétiller les cyberharceleurs du monde entier.

3 – Threads

Lancé en 2023, ce média social est le dernier-né de la société américaine Meta. Étroitement lié à Instagram, il vous permettra de lire deux fois les mêmes posts publiés par les mêmes utilisateurs, depuis le même compte, mais sur des plateformes différentes. De quoi éveiller instantanément votre envie d'insulter des gens. Seule contrainte : le réseau ne compte que 14 utilisateurs actifs.

4 – Facebook

Trois milliards d'utilisateurs actifs. 80 % d'utilisateurs de plus de 30 ans. Des posts qui alternent entre le petit dernier qui fait enfin caca dans son pot (photo à l'appui) et des gifs animés avec des oursons scintillants pour vous souhaiter un beau mercredi. Est-ce la vraie vie, ou est-ce juste un fantasme, comme dirait Freddie Mercury ? On vous laisse juger.

INVESTITURE - DONALD TRUMP A PRÊTÉ SERMENT SUR UN *PLAYBOY*

Pour la première fois dans l'histoire des États-Unis, le Président élu a choisi de prêter serment sur un magazine.

C'est un geste fort qu'a fait Donald Trump pour son investiture. En effet, au lieu de prêter serment sur la Bible comme l'ont toujours fait ses prédécesseurs, le 47e président des États-Unis a préféré prêter serment sur un magazine *Playboy*. Et pas n'importe lequel, puisque ce numéro très spécial de novembre 1972 a appartenu à Ted Bundy.

ANDREW TATE A ÉTÉ LE PREMIER À RÉAGIR EN POSTANT UNE VIDÉO POUR FÉLICITER LE PRÉSIDENT DANS CE CHOIX.

« Avec ce choix, Donald Trump met deux choses essentielles en avant : le journalisme américain – car l'édition de novembre 1972 est la plus vendue de l'histoire de *Playboy* – et le succès auprès des femmes, car je vous rappelle que Ted Bundy était un homme très séduisant, nous confie un journaliste de CNews avant d'ajouter : Donald Trump souhaite casser les codes, et c'est par des subtilités comme celles-ci qu'il parviendra à réconcilier les Américains avec la politique. »

Des réactions internationales

Les réactions ont été nombreuses à travers le monde, et notamment chez les masculinistes. Le britannique Andrew Tate a été le premier à réagir en postant une vidéo pour féliciter le président dans ce choix « qui prouve enfin un retour des vraies valeurs ». Ses abonnés ont exprimé leur satisfaction, affirmant se sentir « enfin en sécurité et représentés dans les plus hautes sphères ».

Cependant, tout le monde n'a pas accueilli ce geste avec enthousiasme.

Si de nombreux partisans de Trump ont encensé le clin d'œil à Ted Bundy, certains ont été déçus par le choix de l'édition. « L'édition de novembre 1972 est peut-être la plus vendue, mais ce n'est clairement pas la meilleure. Il aurait pu choisir juin 1971 ou même février 1972. Franchement déçu. J'ai voté pour lui parce que je lui faisais confiance. Ce n'est plus le cas », a tweeté un utilisateur sous le pseudonyme MAGA4LIF sur X (anciennement Twitter).

Le Gorafi

FÉVRIER 2025

DONALD TRUMP CONFIRME VOULOIR ANNEXER BOURG-LA-REINE

Après le Canada et le Groenland, le Président américain a déclaré qu'il souhaitait annexer la commune des Hauts-de-Seine.

Ici, pas de sous-sols riches en métaux rares et en hydrocarbures ni de porte d'entrée vers des routes commerciales stratégiques. Pourtant, Bourg-la-Reine suscite la convoitise de Donald Trump, et il n'a pas hésité à en faire part à la presse :
« Bourg-la-Reine est une commune très intéressante : un havre de paix et de verdure à treize minutes de Paris seulement grâce au fantastique RER B. » Une proximité stratégique pour la deuxième étape de son projet, qui consiste à annexer la capitale française, la France, puis le monde, mais Donald Trump n'a pas souhaité en dire davantage.

IL A D'ORES ET DÉJÀ PROPOSÉ DE RENOMMER LA COMMUNE SCREW-THE-QUEEN.

Le Président américain s'est également montré très intéressé par la médiathèque réginaburgienne, qui dispose de l'intégralité des albums de *Boule & Bill* en édition originale. Interrogé au sujet de cette potentielle annexion, le maire de la commune s'est empressé de réagir : « Nous sommes fermement opposés au projet de M. Trump et à la disparition de notre identité, d'autant qu'il a d'ores et déjà proposé de renommer la commune Screw-the-Queen, suite à une mauvaise traduction sur Reverso. »

Si pour l'heure le passage de Bourg-la-Reine sous pavillon américain n'a pas été validé, Donald Trump ne compte pas s'arrêter là et souhaite aussi s'octroyer la commune d'Anus, dans l'Yonne, « parce que c'est rigolo ».

SOCIÉTÉ

SAINT-VALENTIN – IL SE TROMPE DE CONVERSATION ET ENVOIE « JE T'AIME » À SA FEMME

Pourtant en couple depuis plus de dix ans et aguerri aux 14 février, Thibault a malencontreusement envoyé un « Je t'aime » très embarrassant à sa femme. Récit.

Il est 14 heures ce jeudi 13 février quand Thibault, 37 ans, envoie un énième SMS à sa maîtresse pour lui dire qu'elle va terriblement lui manquer le lendemain. Mais au milieu d'autres messages de relance de sa femme lui demandant s'il a bien réservé leur traditionnel restaurant pour la Saint-Valentin, Thibault se perd et commet l'irréparable : il envoie « Je t'aime » au mauvais numéro. Pris de panique, il essaye de rattraper le coup en envoyant dans la foulée : « Ça fait longtemps que je ne te l'ai pas dit mais c'est la fête des Amoureux, alors, hein, ça mange pas de pain !!!! » Mais ce message, accompagné de nombreuses émoticônes, est suivi d'un long silence qui ne le rassure guère. Le trentenaire confie : « Elle a dû se douter de quelque chose, la dernière fois que je lui ai envoyé un message d'amour, c'est quand je couchais avec Sylvia, ma collègue. Et elle a vite tout découvert. »

« ELLE A DÛ SE DOUTER DE QUELQUE CHOSE, LA DERNIÈRE FOIS QUE JE LUI AI ENVOYÉ UN MESSAGE D'AMOUR, C'EST QUAND JE COUCHAIS AVEC SYLVIA, MA COLLÈGUE. »

Douche froide

Deux heures plus tard, Thibault reçoit finalement ce texto de sa compagne : « Mais oui, bien sûr, moi aussi, je t'aime, on en parle ce soir ? » C'est la douche froide pour le trentenaire qui n'a plus aucun doute : « Bon, là, elle a tout compris, c'est évident, je vais passer un sale quart d'heure. » Puis d'ajouter, dépité : « Si encore j'avais envoyé des sextos ou des messages contenant des allusions sexuelles, elle aurait pu croire que ça lui était destiné. Mais là, des sentiments, c'est beaucoup trop gros. » Contacté ce matin par nos soins, Thibault n'a pas répondu à nos appels.

MON ENFANT N'EST PAS HPI : QUE FAIRE ?

Malgré tous vos efforts, votre enfant n'est pas considéré comme étant haut potentiel intellectuel. Comment se remettre de cet échec et que faire de votre enfant ?

Vous lui avez enseigné l'anglais dès ses 15 mois, l'avez inondé de petits jouets en bois conçus pour développer ses facultés cognitives et l'avez affublé d'un prénom donné seulement 27 fois depuis 1942, et pourtant : votre enfant n'est pas HPI. Après avoir traversé les étapes logiques du déni, de la colère et de la dépression, vient l'étape du questionnement : que faire de cet enfant à peine plus futé qu'un berger allemand ?

Première solution : faire comme si de rien n'était. Continuez à lui lire des contes sensoriels avant d'aller dormir, n'annulez pas son inscription au club d'échecs et regardez-le paisiblement s'enfoncer le cavalier dans le nez en pensant à tout l'argent que vous économiserez en études supérieures.

Deuxième solution : accepter l'inéluctable réalité. Oui, votre enfant n'est pas extraordinairement intelligent mais, pour paraphraser la formule consacrée, « heureux les pauvres en esprit, car le royaume des cieux leur appartient ». Et Dieu sait si votre enfant a le potentiel pour régner.

APRÈS AVOIR TRAVERSÉ LES ÉTAPES LOGIQUES DU DÉNI, DE LA COLÈRE ET DE LA DÉPRESSION, VIENT L'ÉTAPE DU QUESTIONNEMENT : QUE FAIRE DE CET ENFANT À PEINE PLUS FUTÉ QU'UN BERGER ALLEMAND ?

Dernière solution : forcer le destin. Votre enfant n'est pas HPI, mais il n'est pas encore trop tard pour y remédier. Remplacez sa console de jeux par des mots croisés force 4, emmenez-le au musée une fois par mois et exposez-le deux heures par jour aux débats diffusés sur La Chaîne parlementaire. Attention à bien respecter les prescriptions : en cas de surdosage, votre enfant pourrait se transformer en retraité.

DONALD TRUMP SIGNE UN ORDRE EXÉCUTIF RECONNAISSANT L'EXISTENCE DE LA TERRE PLATE

Le Président américain a signé cette nuit un ordre exécutif qui visait à reconnaître l'existence scientifique de la Terre plate et à approuver la théorie géocentriste. Reportage.

« TOUTE RÉFÉRENCE AU GLOBE TERRESTRE OU AUX THÉORIES COPERNICIENNES SERA SUPPRIMÉE DES LIVRES SCOLAIRES ET DE L'ENSEIGNEMENT EN GÉNÉRAL... »

« La Terre est officiellement plate, à partir de ce jour, les théories globistes du Deep State n'ont plus lieu d'exister », a affirmé ainsi le président Trump sur son compte Truth Social alors qu'il paraphait son ordre exécutif. « Trop longtemps les Américains ont été tenus dans l'ignorance que la Terre est plate et il est temps de mettre fin à cette infamie », poursuit-il en soulignant que toute référence au globe terrestre ou aux théories coperniciennes sera supprimée des livres scolaires et de l'enseignement en général. « J'ai exigé que tous les prétendus astronomes soient licenciés immédiatement. » En outre, le Président souhaite que les États-Unis se rangent derrière la théorie géocentrique, qui consiste à affirmer que la Terre est le centre de l'univers. Et le Président américain d'insister : « C'est un très bel univers, immense, superbe, pourquoi le centre de notre univers ne serait-il pas la Terre ou même les États-Unis ? Il n'existe aucune autre Terre aussi belle nulle part, pas même au Canada ou au Mexique. »

BERNARD ARNAULT ENTAME UNE GRÈVE DU CAVIAR POUR PROTESTER CONTRE LE PROJET DE SURTAXE DES ENTREPRISES

Dénonçant le projet du gouvernement de taxer certaines sociétés à 40 % pendant un an, le patron du groupe LVMH espère bien faire entendre la voix des victimes du système.

Bernard Arnault fulmine. Tout juste de retour des États-Unis, il a pu observer « le vent d'optimisme » qui souffle sur le pays : « Pendant qu'on taxe le made in France, Donald Trump baisse les impôts des entreprises américaines. On devrait beaucoup plus s'inspirer des idées de cet homme : malgré son programme ouvertement transphobe, ses velléités colonialistes, ses préjugés racistes et ses convictions anti-IVG, c'est un vrai progressiste. »

« ON A PÉNIBLEMENT FAIT 85 MILLIARDS D'EUROS DE CHIFFRE D'AFFAIRES EN 2024. AVEC CETTE NOUVELLE TAXE, LE GOUVERNEMENT VEUT TOUT BONNEMENT TUER LES PETITS ENTREPRENEURS ! »

Préoccupé par l'annonce du gouvernement, le patron craint surtout pour l'avenir de sa société. « On a péniblement fait 85 milliards d'euros de chiffre d'affaires en 2024. Avec cette nouvelle taxe, le gouvernement veut tout bonnement tuer les petits entrepreneurs ! » déplore Bernard Arnault, qui a annoncé dans la foulée entamer une grève du caviar pour manifester sa colère. Une grève de la faim presque totale, puisque le P-DG sera régulièrement hydraté grâce à des pipettes de romanée-conti grand cru.

Éric Ciotti, bouleversé par ce geste courageux, a appelé le gouvernement à revenir sur ce projet d'impôt sur les entreprises et à chercher d'autres solutions pour renflouer les caisses de l'État « en taxant par exemple les retraités et les classes moyennes, ou en diminuant le budget des hôpitaux, comme on l'a toujours fait ».

DONALD TRUMP ORDONNE À L'UKRAINE DE S'EXCUSER D'AVOIR ÉTÉ ENVAHIE PAR LA RUSSIE

Après avoir qualifié Volodymyr Zelensky de dictateur, le président américain a demandé à son homologue ukrainien de s'excuser de l'invasion russe, «qu'il aurait quand même pu éviter».

Entre deux gorgées de Coca-Cola, Donald Trump n'a pas mâché ses mots en conférence de presse hier, depuis sa résidence de Mar-a-Lago. Accompagné de son fidèle bras droit Elon Musk, qui avait troqué sa tronçonneuse contre un lance-flammes, le Président a dénoncé les ravages de la guerre en Ukraine «qui a suffisamment duré», regrettant «les pertes humaines et matérielles regrettables subies par la Russie».

« DES DIZAINES DE CHARS ONT ÉTÉ RAYÉS ET CABOSSÉS À CAUSE DES SOLS ACCIDENTÉS EN UKRAINE. »

Avec des trémolos dans la voix, le Président a eu bien du mal à masquer son émotion en évoquant le conflit qui déchire l'Europe depuis février 2022 : «Des milliers de soldats ont péri au combat et, pire encore, des dizaines de chars ont été rayés et cabossés à cause des sols accidentés en Ukraine.» Il a aussitôt promis de mettre fin à la guerre et de raser Kiev pour en faire « le Rocamadour de l'Est », sous les acclamations du public.

Donald Trump, qui a pu échanger longuement avec le Président Vladimir Poutine, a souligné le traumatisme du dirigeant russe après des mois d'un conflit qui semble sans issue. «La moindre des choses de la part de Volodymyr Zelensky serait de lui offrir son pays pour se faire pardonner.»

Rappelant l'amitié historique qui lie le peuple américain et le peuple russe, Donald Trump a promis à Vladimir Poutine de mettre fin à la guerre au plus vite, dès qu'il aura localisé l'Ukraine sur la carte de l'Europe.

DOUTANT DES CAPACITÉS DE DIEU, LE PAPE S'EN REMET À L'HÔPITAL POUR LE GUÉRIR

Malgré sa foi qu'il jure inébranlable, le pape a préféré faire confiance aux médecins pour soigner sa pneumonie, « au cas où ».

Questionné sur les raisons qui l'ont amené à accepter une hospitalisation au lieu de faire confiance à la volonté divine, le souverain pontife préfère parler de « petit filet de sécurité, au cas où le Seigneur serait trop occupé par les malheurs à travers le monde pour se charger de mon modeste cas ». Assez mystérieux sur ses occupations au cours des deux mille dernières années, Dieu a donc eu la chance de pouvoir compter sur le personnel soignant pour sauver la vie du pape.

LE SOUVERAIN PONTIFE PRÉFÈRE PARLER DE « PETIT FILET DE SÉCURITÉ, AU CAS OÙ LE SEIGNEUR SERAIT TROP OCCUPÉ PAR LES MALHEURS À TRAVERS LE MONDE ».

Grâce à la volonté de Dieu et aux soins prodigués par une équipe composée des meilleurs médecins, pneumologues et radiologues de Rome, Sa Sainteté se remet lentement de la pneumonie dont il souffrait. « Un véritable miracle », selon son entourage, qui veut y voir un signe divin de conserver le pape François au Saint-Siège pour poursuivre sa mission.

Les fidèles du monde entier ont été invités à allumer des cierges et à prier pour la guérison du souverain pontife, hospitalisé pour la quatrième fois depuis 2021. Les médecins à son chevet espèrent eux aussi « pouvoir compter encore longtemps sur l'aide de Dieu pour nous aider à guérir le pape afin qu'il continue d'être notre meilleur argument pour promouvoir les bienfaits de la science et de la médecine ».

Après leur succès auprès du pape François, les équipes médicales ont proposé de remplacer Dieu pour éradiquer les maladies et rétablir la paix dans le monde.

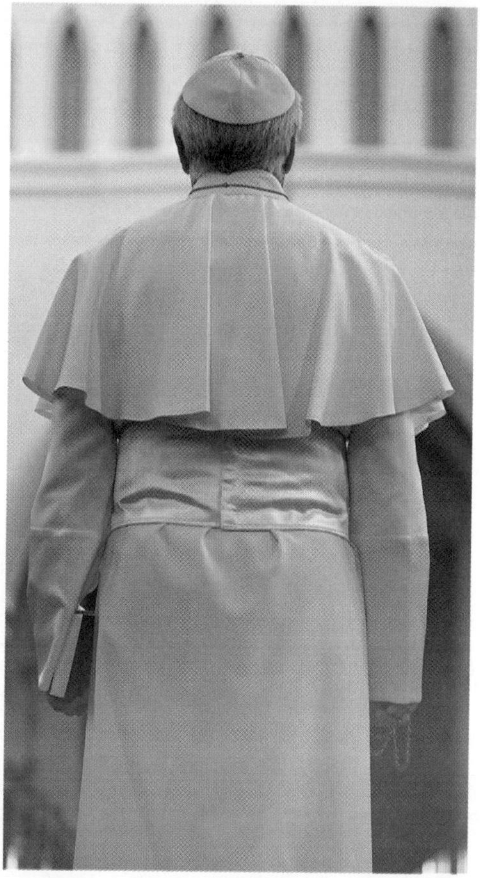

DONALD TRUMP ACCEPTE DE CONSTRUIRE SON DISNEYLAND À GAZA EN DIRECTION DE LA MECQUE

À la suite du tollé provoqué par sa volonté de transformer Gaza en « Côte d'Azur du Moyen-Orient », le président des États-Unis a accepté de faire certaines concessions.

Donald Trump a les yeux qui brillent d'émotion en nous présentant son nouveau projet, MGGAL (*Make Gaza Great At Last*). « Ici, on a prévu de construire le plus grand Burger King du monde. On trouvera bien évidemment les grands classiques, comme le Double Cheese Bacon XXL, mais on aura aussi des spécialités régionales, comme le Master Gaza, qui sera juste une boîte sans nourriture à l'intérieur. Ce sera incroyable. »

Souvent pointé du doigt pour son manque d'engagement en faveur de l'environnement, le Président américain a décidé de frapper fort pour ce projet pharaonique : « Gaza déborde de ressources : il n'y a qu'à se pencher pour les ramasser ! Le futur Disneyland sera entièrement construit avec les ruines des écoles et des hôpitaux détruits au cours des quinze derniers mois. »

Interpellé sur l'avenir des Gazaouis, Donald Trump a déjà anticipé la question : « Nous souhaitons que chaque habitant puisse jouer un rôle majeur dans notre projet de reconstruction de la région. C'est pourquoi nous avons lancé un gigantesque casting pour trouver les heureux élus qui incarneront Mickey et Donald dans notre futur Disneyland. »

Ouvert aux discussions, le Président a accepté de construire son Disneyland face à La Mecque, « à condition de signer un partenariat exclusif avec Aladdin pour pouvoir forer des puits de pétrole au royaume d'Agrabah ».

ÉCOLOGIE – POUR LES PROTÉGER DES PAILLES EN PLASTIQUE, DONALD TRUMP VA SUPPRIMER LES TORTUES

Après avoir annoncé le retour des pailles en plastique, le Président Donald Trump a souhaité faire un « petit geste pour la planète » en supprimant purement et simplement les tortues de l'ensemble des mers du globe. Reportage.

C'est un Donald Trump visiblement ému qui s'est adressé ce mercredi matin à la presse depuis le Bureau ovale de la Maison-Blanche. « J'ai vu hier soir un reportage sur National Geographic montrant l'impact des pailles en plastique sur la faune marine. C'est terrifiant ! » a-t-il expliqué, fébrile, en aspirant trois litres de sirop de maïs à l'aide d'une paille en plastique. « Voilà pourquoi j'ai décidé de faire des océans un endroit plus sûr pour nos tortues en les délocalisant intégralement dans le Sahara, sans possibilité de retour », a-t-il poursuivi en signant frénétiquement le décret à l'aide de huit stylos Bic.

L'opération, d'envergure, devrait débuter d'ici les prochaines semaines et mobiliser plusieurs dizaines de milliers de bateaux de pêche et de torpilleurs japonais sur l'ensemble du planisphère. Les tortues, traquées « mortes ou vives », seront par la suite stockées en fond de cale avant d'être catapultées par millions en plein milieu du Sahara depuis la soute des avions de chasse de l'US Air Force. « Le Sahara est un lieu exempt de tout plastique qui leur garantira un havre de paix où elles pourront enfin vivre heureuses et apprendre à se reconstruire », a commenté le président de la première puissance mondiale avant de réaffirmer sa volonté de « prendre possession des océans en remplaçant l'ensemble des mers du globe par une gigantesque station balnéaire avec vue sur la mer ».

Une posture *green-friendly* pour le Président et « écocidaire » pour les associations, qui semble n'être qu'un début, puisque Donald Trump s'est également engagé à ce que chacun des décrets anti-écologiques qu'il signera à l'avenir soit imprimé sur du papier 100 % recyclé.

POLITIQUE

SELON MEDIAPART, FRANÇOIS BAYROU A TOUT FAIT POUR CACHER AUX PALOIS QU'ILS HABITAIENT À PAU

Le Premier ministre est une fois de plus dans la tourmente après de nouvelles révélations explosives de Mediapart.

Ce matin, le visage des Palois est fermé, la joie de vivre s'est évanouie. Et pour cause : la nouvelle est lourde à encaisser. Vendredi après-midi, Mediapart a dévoilé l'impensable pour les quelque 80 000 habitants de la commune : ils habitent bel et bien à Pau.

D'après le journal, François Bayrou aurait usé de son « aura politique » pour se faire élire tout en évitant soigneusement de rappeler le nom de la ville où il se présentait. Une habileté qui aurait permis aux Palois d'oublier, des années durant, leur quotidien de… Palois. Interrogé ce matin sur France Inter, le Premier ministre a tenté de justifier sa stratégie : « Mon rôle, c'est d'incarner l'avenir et la stabilité. Je veux que mes électeurs aient confiance en eux, en leur potentiel de citoyens français. Effectivement, je n'ai pas jugé utile de leur préciser où ils vivaient. Mais vous savez, avec autant de responsabilités, on fait ce qu'il y a de mieux pour les gens. Même s'ils sont palois. Pour moi, ce sont quand même des humains. »

Le choc est brutal pour certains habitants. « Depuis toutes ces années, je pensais qu'on vivait dans une préfecture avec un certain standing », souffle une Paloise, l'air hagard. Puis, dans un murmure : « Le château… Henri IV… tout ça… est-ce que ça a vraiment existé ? » D'autres relativisent, comme cet étudiant venu d'Itxassou : « Moi, tant que je croise quelqu'un dans la journée, je me dis que je suis dans une grande ville. Bon, c'est sûr qu'en apprenant qu'on est à Pau y a un petit coup de mou, mais franchement, ça va. »

HISTOIRE

ADOLF HITLER SCANDALISÉ PAR LES ALLÉGATIONS D'APPARTENANCE AU NAZISME SUR SA PAGE WIKIPÉDIA

Le leader allemand affirme avoir découvert avec « stupéfaction » et « horreur » que l'encyclopédie collaborative en ligne le tenait pour un membre éminent de la mouvance fasciste et nationale-socialiste européenne.

« C'est absolument faux, a répété, très ému, le Führer. Tout le monde sait que je suis profondément centriste et socialiste dans l'âme. » Une réaction très vive qui fait suite à sa découverte de sa propre page sur Wikipédia, qui le désigne précisément comme ayant « propagé », voire « encouragé » une doctrine fasciste sous le nom de national-socialisme et mis en place un État dictatorial en Allemagne. « Ma fiche Wikipédia est encore plus à charge que celle de Philippe Val, s'est insurgé le dictateur fasciste, qui réfute les accusations de discrimination envers les Juifs. Il faut faire attention à ce qu'on lit sur les réseaux sociaux et internet. Encore un peu, et on va m'accuser d'avoir déclenché une guerre mondiale. »

LOISIRS

DISNEYLAND PARIS : UNE NOUVELLE ATTRACTION SIMULE UN TEMPS D'ATTENTE INFÉRIEUR À DIX MINUTES

Disneyland Paris vient de présenter une nouvelle attraction qui devrait changer l'expérience de ses visiteurs.

Disneyland Paris a tenu une conférence de presse lors de laquelle les futures attractions du parc ont été présentées. Parmi celles qui ont retenu notre attention, il y a la « Fast and Queurious », qui permet à ses visiteurs de connaître la sensation de ne pas faire la queue trop longtemps. « On voulait donner la possibilité aux pauvr… euh… aux gens qui n'ont pas les moyens d'acheter des Fast Pass de voir ce que ça fait de ne pas trop attendre, explique Maryline Dufier, porte-parole du parc. D'après les premiers retours, cette attraction est fortement attendue des fans, on espère donc ne pas les décevoir. »

D'après les estimations réalisées par le parc, pour profiter de cette attraction, il faudra intégrer une file d'attente de soixante à quatre-vingt-dix minutes. Mais n'est-ce pas là le prix à payer pour en profiter pleinement ?

IL DEVIENT CHAMPION DU MONDE DE MÉMOIRE EN CITANT DE TÊTE TOUTES LES AFFAIRES DE NICOLAS SARKOZY

Victoire éclair pour Ludovic Soumaya qui a remporté ce week-end le Championnat du monde de mémoire en énumérant les uns après les autres tous les procès de Nicolas Sarkozy.

C'est une performance hallucinante que le Français Ludovic Soumaya a livrée ce samedi lors de la 15e édition du Championnat du monde de mémoire à Palaiseau. Après s'être installé derrière une table et avoir fermé les yeux pendant près de dix secondes, il s'est mis à débiter toutes les affaires de Nicolas Sarkozy de sa naissance à nos jours. « Ça n'en finissait pas », raconte Bobby Longluaud, champion du monde de mémoire 2021-2022-2023. «Il a cité l'affaire Bygmalion, celle du financement libyen, celle des écoutes, l'affaire Tapie, l'affaire de Karachi, celle des hélicoptères du Kazakhstan, des sondages de l'Élysée… Il est même remonté en CE2, quand Nicolas Sarkozy avait chouré une gomme à son voisin de table. Et tout ça sans prompteur. C'est tout bonnement prodigieux!»

Au bout de quarante minutes, Ludovic s'est enfin interrompu avant de demander un verre d'eau, puis a repris la liste de plus belle. « Affaire Bettencourt, pénalités des comptes de campagne, voyages en jet, recel d'organes, écriture du livre *Le Temps des tempêtes*... » Soupçonnant une aide extérieure, les membres du jury se sont alors mis à inspecter de fond en comble le candidat, cherchant une oreillette dans ses tympans ou des antisèches sur ses poignets, mais rien. Ce n'est qu'après deux heures et seize minutes d'énumération en flux tendu que Ludovic, à bout de souffle, a fini par appuyer sur la sonnette placée devant lui afin de stopper l'épreuve, sous les applaudissements nourris d'un public de plus de 600 personnes.

IL EST MÊME REMONTÉ EN CE2, QUAND NICOLAS SARKOZY AVAIT CHOURÉ UNE GOMME À SON VOISIN DE TABLE.

Une victoire éclatante et surhumaine qui n'est cependant pas une surprise puisqu'en 2018 Ludovic Soumaya avait également remporté plusieurs championnats régionaux de mémoire en citant de tête toutes les fois où Bernard-Henri Lévy avait employé le mot « je ».

Le Gorafi

MARS 2025

« OUIN OUIN OUIN OUIN OUIN OUIN » PAR FRÉDÉRIC BEIGBEDER

Ouin ouin ouin ouin, ouin ouin ouin ouin ouin ouin ouin ouin ouin, ouin ouin ouin ouin ouin ouin.

Ouin ouin ouin, ouin ouin ouin ouin ouin.

Ouin ouin ouin ouin ouin, ouin ouin ouin ouin ouin, ouin ouin ouin ?

Ouin ouin ouin ouin ouin, ouin ouin ouin ouin ouin ouin !

Ouin ouin ouin, ouin ouin ouin ouin ouin ? Ouin ouin ouin ouin ouin, ouin ouin.

Ouin ouin ouin ouin ! ouin, ouin ouin ouin ouin ouin ouin ! Ouin ouin ouin ouin ouin ?

« Ouin ouin ouin ouin »

Ouin ouin ouin ouin ouin, ouin ouin ouin ouin ouin ouin !

Ouin ouin ouin ouin ouin ouin ouin ouin, ouin ouin ouin ouin ouin.

Ouin ouin ouin ouin ouin, ouin ouin ouin ouin ouin ouin.

Ouin ouin ouin ouin ouin ouin ouin ouin, ouin ouin ouin ouin ouin !

Ouin ouin ouin ouin ouin, ouin ouin ouin ouin ouin ouin.

ELON MUSK DÉCLARE QU'IL N'EST PAS RACISTE CAR IL A « UN AMI ORANGE »

Le proche du président américain a également expliqué que son tatouage « SS » sur le bras signifiait « Super sympa ».

Le patron de Tesla et nouveau conseiller de Donald Trump est accusé de racisme, notamment depuis qu'il a fait sur scène ce qui ressemblait fortement à un salut nazi, bien que, selon le principal intéressé, il s'agisse en fait d'un « salut romain ». Le fait qu'il ait participé en visioconférence à un meeting de l'extrême droite allemande pouvait aussi laisser penser qu'il était raciste, mais Musk s'est défendu en disant qu'il ne pouvait pas être raciste, car il avait « un ami orange ».

Des preuves implacables qu'il n'est pas raciste

Malgré de nombreux autres éléments qui pouvaient laisser penser qu'il était bien d'extrême droite, le milliardaire a toujours apporté des contre-arguments : « Contrairement à ce que voudraient faire croire mes détracteurs, ce n'est pas une croix gammée que j'ai tatouée sur le cœur, c'est une croix symbolique de l'hindouisme ! » Pour appuyer sa défense, Elon Musk a également fait référence à ses origines : « Je suis né en Afrique du Sud. Des Noirs, j'en ai côtoyé tous les jours ! Je les laissais même me faire à manger ou encore nettoyer mes toilettes, c'est bien la preuve que je ne suis pas raciste, non ? »

En répondant publiquement à ces accusations, il espère pouvoir continuer tranquillement son petit bonhomme de chemin et reprendre les projets qu'il a dû mettre de côté : « J'ai encore beaucoup de choses que j'ai envie de faire dans la vie, comme m'installer en colocation avec Kanye West, écrire des posts sur X sur différentes races et délivrer une Green Card à cet humoriste français très drôle, là… Non, pas Dieudonné, même si j'aime beaucoup. Non, je pensais à l'autre, là… Zemmour ! J'adore ce type ! »

UN ANCIEN SS HÉSITE À SE CRÉER UNE PAGE COPAINS D'AVANT

Loïc Flantier, dit «le Dépeceur goguenard», 95 ans, hésite toujours à se créer une page sur le célèbre site Copains d'avant. Récit.

Loïc Flantier a ce qu'on appelle un passé compliqué. Ancien membre de la Waffen-SS de 1943 à 1945, celui que l'on surnommait «le Boucher à nuque longue», «l'Empaleur de Düsseldorf» ou «Toto la Déconne» coule aujourd'hui des jours paisibles dans le petit village de Pucarà de Juella, en Argentine.

ANCIEN NAZI À LA RETRAITE CHERCHE SS 3E ÂGE POUR PARLER IIIE REICH.

«Oh, il faut que jeunesse se passe, on a tous eu 15 ans», commente le vieil homme, tout sourire, avant de jeter un chaton dans un mixeur en chantant le «Horst-Wessel-Lied». Un excès de nostalgie qui a fait que le sympathique nonagénaire songe à se créer un compte sur le site Copains d'avant. Après avoir tapé «SS» avec deux doigts dans la catégorie «Profession», Loïc s'est mis à remplir méticuleusement son profil. Promotion: Wehrmacht 1943. Copains: Hans Wölf, Franz Luft, colonel Schmitz et cette vieille canaille de Joseph Goebbels. Souvenirs marquants: la fois où on a remplacé le couteau de torture de Karl par une saucisse aux cèpes. Qu'est-ce qu'on avait ri! Passions: partir au bout du monde (Amérique du Sud), la musique (Wagner, Kanye West) et annexer l'Autriche. Description: ancien nazi à la retraite cherche SS 3e âge pour parler IIIe Reich.

Seulement voilà, au moment de cliquer sur «Publier mon profil», Loïc a hésité. Bien que ce soit la meilleure façon pour lui de retrouver ses amis «Hans, le Décapsuleur de veuves», «Johann, le Cannibale en claquettes» ou encore «Patrick, le Cinglé», il a eu peur de griller en quelques secondes près de quatre-vingts ans de couverture. «Pour les gens d'ici, je suis Popi Groucho, un simple vendeur de chimichurri connu pour sa bonne humeur, explique-t-il en réajustant sa fausse moustache. Ça a marché jusqu'à maintenant, alors c'est vraiment pas le moment d'arrêter d'être discret», conclut-il en fracassant son ordinateur avec un aigle en bronze de 40 kilos.

Une initiative avortée précipitamment qui n'empêchera pas Loïc de réussir finalement à renouer anonymement le contact avec des personnes racistes, haineuses et complotistes, à l'idéologie limitée et criminelle, en ouvrant simplement un compte sur X.

DURANT SON ABSENCE, LE PAPE FRANÇOIS SERA REMPLACÉ PAR SON FILS

Pour pallier l'absence prolongée du Saint-Père, c'est son fils Peppino, 42 ans, qui prendra le relais en attendant son retour.

C'est un véritable coup de tonnerre qui a ébranlé le Vatican cette semaine. Le pape François, conscient de son état de santé fragile, a annoncé confier la direction du Saint-Siège à Peppino Bergoglio, son fils aîné, pour une durée indéterminée.

« BON, JE NE SUIS PAS SPÉCIALEMENT CROYANT, MAIS ÇA DEVRAIT BIEN SE PASSER. »

Actuellement télémarketeur senior pour Vodafone, ce père de famille de 42 ans s'est déclaré ému d'avoir été choisi pour cette tâche devant ses six autres frères : Adriano, Gabriele, Mikaelo, Giovanni, Raphaël et Giuseppe Bergoglio.

« On est une famille très soudée, mais c'est vrai que c'est touchant qu'on ait pensé à moi », a confié, des étoiles plein les yeux, le fils du souverain pontife à *L'Osservatore Romano*. Puis d'ajouter : « Bon, je ne suis pas spécialement croyant, mais ça devrait bien se passer, puisque en tant que télémarketeur j'ai l'habitude d'essayer d'entrer en contact avec des gens toute la journée sans jamais avoir de réponse. »

Premier pape remplaçant de l'histoire du Vatican, Peppino Bergoglio en a profité pour dévoiler le nom choisi par ses soins pour diriger le Saint-Siège : « Rambo II ».

Une mission sacrée que le quadragénaire s'engage à mener « avec force », tout en suivant les quelques directives laissées par son géniteur, telles que : « Aime ton prochain comme toi-même, sauf si tu es gay », « Aie un discours moderne, mais toujours en latin », « Protège les gens qui ont le cœur sur la main, mais encore plus ceux qui ont les mains sur le chœur ».

Quand on lui demande s'il compte devenir pape à plein temps en cas de décès de son père, Peppino reste évasif mais avoue y réfléchir. « Après tout, Jésus aussi a utilisé son père pour se faire un nom », évoque-t-il, songeur, avant de sauter dans la Papamobile pour prendre un bain de foule.

ÉCONOMIE

5 ASTUCES POUR FAIRE LA DIFFÉRENCE ENTRE L'URSSAF ET UN BROUTEUR

Dans les faits, l'Urssaf et les brouteurs répondent au même descriptif : une personne difficile à identifier et dont le rôle reste pour le moins nébuleux, qui vous soutire de l'argent à intervalles réguliers. Nos astuces pour les différencier.

1 – L'Urssaf n'est pas amoureux de vous

C'est dur, mais il faut l'accepter : les messages de l'Urssaf ne contiennent aucune once de tendresse. Malgré la relation durable qui vous unit, vous ne recevrez jamais de « Bonjour, ma vie, bien dormi ? » ou « Tu es beau comme un océan au coucher de soleil » : l'organisme préfère vous réclamer de l'argent de façon beaucoup plus brutale, par le biais de mails froids et impersonnels.

2 – L'Urssaf ne demande pas de paiements par mandat cash

Autre signe distinctif : l'Urssaf tolère uniquement de vous délester de votre argent par virement, contrairement aux brouteurs qui acceptent les paiements par mandat cash, Western Union, coupons prépayés, cryptomonnaies, bons de réduction Super U et autres dents en or.

3 – Brad Pitt n'a pas démenti être l'Urssaf

Pas encore.

4 – Le brouteur est joignable par téléphone

Le brouteur est réactif lorsque vous essayez de le joindre par message comme par téléphone. Si vos messages restent sans nouvelles après trois tentatives et qu'il ne répond plus à vos appels, aucun doute : vous êtes certainement en relation avec l'Urssaf.

5 – Vous savez ce que le brouteur fait de votre argent

Acheter une nouvelle voiture, une maison, des vêtements de luxe : les projets du brouteur sont clairs. Méfiez-vous en revanche s'il commence à vous réclamer de l'argent pour « assurer votre protection sociale et redistribuer les cotisations dans un système solidaire » : il s'agit très certainement d'une arnaque.

SOCIÉTÉ

EN CAS DE GUERRE, EMMANUEL MACRON ANNONCE QU'IL MOBILISERA EN PREMIER LES CHÔMEURS LONGUE DURÉE

Sans surprise, cette décision apporte un début de réponse au manque d'effectifs dans l'armée de terre.

« Les 500 000 chômeurs longue durée vont bientôt retrouver une activité », a fièrement annoncé Catherine Vautrin, ministre du Travail, lors d'une conférence de presse conjointe avec le ministre des Armées, Sébastien Lecornu. Sur une idée du président de la République, les personnes inscrites depuis plus d'un an chez France Travail basculeront automatiquement sur la liste des réservistes de l'armée de terre. Après une formation de quelques jours – jugée suffisante selon le gouvernement –, ces nouveaux engagés seront envoyés en première ligne afin de fatiguer l'ennemi avant l'intervention de l'armée professionnelle.

« C'est une solution gagnant-gagnant : ils retrouvent un emploi et la nation se dote d'un rempart humain efficace », a précisé Sébastien Lecornu, ajoutant que des primes de présence sur le champ de bataille seraient envisagées pour les plus méritants.

Les Top 1 de *Fortnite* bientôt réservistes d'office

Ce nouveau dispositif pourrait même s'étendre aux Top 1 de *Fortnite* qui auront la possibilité de devenir réservistes. « En plus des armes, ces nouveaux militaires pourront choisir la tenue qu'ils souhaitent, et beaucoup ont déjà opté pour le skin Batman, d'autres pour celui de Harley Quinn. Par ailleurs, tous les soldats auront un immense sac à dos rempli d'outils et de planches de bois afin qu'ils puissent bâtir des édifices comme dans le jeu vidéo », assure le porte-parole du ministère de la Défense.

NOUVELLE POLÉMIQUE APRÈS UNE AFFICHE DE LFI MONTRANT CYRIL HANOUNA TROP SYMPATHIQUE

LFI a dû retirer une nouvelle fois une affiche promotionnelle pour sa manifestation du 22 mars. En cause : le visuel utilisant le visage de Cyril Hanouna, le montrant sous un aspect bien trop sympathique.

Un large sourire, un nœud papillon, un air affable. Tel est le visage de Cyril Hanouna sur le visuel des affiches utilisées par LFI pour sa manifestation du 22 mars. « Quand j'ai vu cette photo, j'ai eu peur », raconte un militant. « On ne peut pas représenter Cyril Hanouna de cette façon, c'est scandaleux », ajoute un autre. « Il a l'air trop chouchou, trop doux, il respire la douceur, la bienveillance et l'amour », souligne un troisième. « Quand j'ai vu cette photo, j'ai été pris d'une envie irrépressible de lui faire un gros câlinou », avoue un dernier.

« QUAND J'AI VU CETTE PHOTO, J'AI ÉTÉ PRIS D'UNE ENVIE IRRÉPRESSIBLE DE LUI FAIRE UN GROS CÂLINOU. »

Critiqués de toutes parts, les services graphiques de LFI ont affirmé qu'ils avaient en réalité fait appel au générateur d'images de Grok, du réseau X, pour réaliser cette image terrifiante d'un Cyril Hanouna baignant dans la plénitude et n'aspirant qu'à une seule chose : le bonheur et le respect d'autrui. « Oui, cette affiche était une mauvaise idée et jamais nous n'aurions dû la réaliser, a reconnu Manuel Bompard. Il nous aurait fallu être plus attentifs pour éviter de reprendre des idées préconçues de la sorte. »

Jean-Luc Mélenchon a, de son côté, rejeté les critiques du monde politique en se contentant de briser son pupitre d'un coup de tête. « Une fois de plus, on nous fait un faux procès d'intention », a-t-il affirmé, avant de diffuser une autre image générée pour la manifestation du 22 mars : une photo d'Olivier Faure avec du charisme et du leadership.

NICOLAS SARKOZY AIDE DEUX AVOCATS À RETROUVER LEUR CHEMIN DANS LES COULOIRS DU TRIBUNAL DE PARIS

Scène inhabituelle ce matin au tribunal judiciaire de Paris : Nicolas Sarkozy, ancien président de la République et habitué des lieux, a été vu guidant deux jeunes avocats perdus dans le labyrinthe des couloirs. Une intervention saluée par les témoins présents, qui parlent d'un moment « touchant et presque pédagogique ».

Alors qu'il se rendait à son audience quotidienne, Nicolas Sarkozy aurait remarqué deux avocats en robe, tournant en rond près d'un panneau d'affichage. « Ils avaient l'air complètement perdus, comme s'ils cherchaient une issue dans un escape game géant », raconte un témoin. L'ancien Président s'est approché d'eux et a été très efficace dans ses explications : « Vous passez par le hall F, vous montez au quatrième étage, couloir B32, et votre salle d'audience est la quatrième porte à gauche, c'est là où j'ai eu mon procès Bismuth. »

Un gendarme chargé de sa sécurité sur place témoigne également : « L'ancien Président passe tellement de temps dans les locaux qu'il connaît mieux le bâtiment que l'architecte lui-même. » Avant d'ajouter : « En cas d'alerte incendie, mieux vaut suivre ses consignes d'évacuation plutôt que celles des pompiers, car M. Sarkozy finit toujours par s'en sortir. »

FACT-CHECKING : LA VIDÉO OÙ TRUMP TENAIT DES PROPOS DÉCENTS A BIEN ÉTÉ GÉNÉRÉE PAR L'IA

Cette séquence virale dans laquelle le Président américain disait « vouloir apaiser les tensions internationales » a été créée intégralement par ordinateur.

Après la vidéo qui a fait le tour du monde, où Donald Trump se montrait totalement irrespectueux vis-à-vis de son homologue ukrainien (« La honte, le gars, il est en jogging au lieu d'être en costard Gucci payé par les contribuables »), une autre séquence a fait réagir les experts diplomatiques du monde entier : « Donald Trump fait preuve d'une grande sagesse », « Une prise de parole qui marquera l'histoire », « Aujourd'hui, un discours qui s'inscrit dans la droite lignée d'Abraham Lincoln, Theodore Roosevelt, ou encore Aimé Jacquet ». Malheureusement, ces experts se sont rendu compte après coup que cette intervention grandiloquente de l'ancien promoteur immobilier n'avait jamais eu lieu.

En effet, ce discours de Donald Trump expliquant qu'il allait « tout faire pour que la paix règne dans le monde » et qu'il souhaitait « créer un lien entre les peuples pour que l'Humanité prenne le pas sur les intérêts personnels », discours qui avait rassuré le monde entier après des propos et une attitude pouvant déclencher une Troisième Guerre mondiale, s'est révélé être un faux. Le Président Trump lui-même a mis un terme à la rumeur : « Le jour où je tiendrai de tels propos d'altermondialiste bouffeur de tofu, avec autant de formules de politesse inutiles créées par les woke, il pleuvra de la sauce barbecue ! »

L'IA : un risque diplomatique ?

Les vidéos créées de toutes pièces par l'intelligence artificielle peuvent avoir un impact énorme sur la réputation des célébrités, et notamment des personnalités politiques. On se souvient par exemple, en France, de la fausse vidéo où Emmanuel Macron serrait la main d'un ouvrier en lui souriant sincèrement, ou encore de celle de Bruno Retailleau acceptant de se tenir à la barre du RER D. Des fake vidéos qui ont causé du tort aux intéressés. Ces derniers ont dû batailler pour se détacher de l'image de tolérance et d'ouverture d'esprit que ces vidéos avaient pu leur donner.

« LE JOUR OÙ JE TIENDRAI DE TELS PROPOS D'ALTERMONDIALISTE BOUFFEUR DE TOFU, IL PLEUVRA DE LA SAUCE BARBECUE ! »

DONALD TRUMP FAIT SUPPRIMER LES LETTRES L, G, B, T, Q, I ET A DE L'ALPHABET

Après avoir fait supprimer 200 mots des documents et sites web officiels, c'est au tour des lettres L, G, B, T, Q, I et A d'être supprimées de l'alphabet latin par le Président Donald Trump. Reportage.

« Les lettres L, G, B, T, Q, I et A incarnent à elles seules toutes les dérives de l'administration Biden et du monde occidental, a déclaré ce matin Donald Trump lors d'une conférence de presse. Voilà pourquoi je vous annonce officiellement la suppression définitive de chacune de ces lettres des documents officiels, mais également des sites web, des tests de vue, des panneaux de signalisation et des manuels scolaires », a-t-il conclu, triomphant, avant de scander d'une voix forte « OD ESS MERC ! » face à une foule en délire.

Depuis le 18 mars, ce ne sont pas moins de 8 000 sites qui ont vu ces sept lettres supprimées de l'intégralité de leurs pages et de leur nom. Google devient ainsi « Oole », Facebook « Fceook », et X… « X ». Un nivellement par le bas qui vient également modifier en profondeur le système de notation dans les écoles, faisant immédiatement de la médiocre note C la note maximale. Enfin, le jeu vidéo à succès *GTA VI* sera finalement baptisé « V ». Un changement marketing radical, faisant immédiatement chuter les prévisions de vente de près de 8 000 %.

Face à l'avalanche de critiques provoquées par la mesure, l'administration Trump a déclaré que cette décision n'avait absolument rien d'homophobe, tout en ajoutant « lutter chaque jour un peu plus pour ne pas invisibiliser la communauté “ ” ».

VLADIMIR POUTINE OFFRE L'ASILE POLITIQUE À MARINE LE PEN

À la suite de l'annonce de l'inéligibilité de Marine Le Pen prononcée par la justice française, Vladimir Poutine a immédiatement réagi en lui proposant l'asile politique.

« C'est une injustice. Elle n'a rien fait de mal, à part détourner un peu d'argent européen, manipuler deux ou trois opinions et flirter avec l'autoritarisme. Chez nous, c'est un CV parfait », a déclaré le Président russe.

Marine Le Pen pourrait ainsi s'envoler pour la Russie dans les prochains jours afin de poursuivre sa carrière politique loin de la méchanceté des juges français. Un proche du Kremlin révèle même qu'un poste vient de se libérer au ministère de l'Immigration, à la suite de la chute « accidentelle » du ministre en poste… depuis le balcon de son appartement au huitième étage.

Une datcha pour elle et ses chats

Le Kremlin précise qu'elle se verra offrir une luxueuse datcha à Sotchi, où elle pourra profiter de la douceur du printemps et de la compagnie de ses chats, chacun bénéficiant de son propre garde du corps.

« Elle mérite la tranquillité. Ici, l'opposition est très calme », a ajouté un conseiller du Kremlin, un sourire crispé aux lèvres.

Reste à savoir si Marine Le Pen acceptera l'offre du Président russe… et surtout, si elle sera autorisée à quitter le territoire français malgré sa condamnation. Selon nos informations, Éric Ciotti aurait déjà fait savoir qu'il était disponible pour partir avec elle.

POUR PLUS DE COHÉRENCE ÉDITORIALE, LES STUDIOS DE CNEWS SERONT DÉLOCALISÉS DANS LA BANLIEUE NORD DE MOSCOU

C'est une décision qui surprend sans étonner : la direction de CNews a annoncé la délocalisation de ses studios dans la banlieue nord de Moscou, une initiative visant à renforcer « l'authenticité et la cohérence » de sa ligne éditoriale.

Le directeur de l'antenne de la chaîne numéro 16 de la TNT peinait à cacher sa joie lors de notre entretien téléphonique : « *Гениальноально* ! (Génial !) Nous allons adapter toute notre antenne avec des habillages aux couleurs de la grande Russie, et nos journalistes seront invités à changer de nom pour mieux s'intégrer au pays. »

Exit donc Pascal Praud, qui deviendra dès la semaine prochaine Pascal Provocovich, alors que Philippe Devilieski assurera toujours son émission du samedi mais avec une chapka sur la tête en duplex de la place Rouge.

« C'est un rêve qui devient réalité ! Nous ne serons plus entravés par cette propagande gauchiste qu'on appelle "liberté de la presse" », se réjouit un éditorialiste en commandant un bortsch au self de CNewski.

Selon nos informations, la chaîne serait d'ailleurs sur le point de fusionner avec Russia Today pour encore plus d'objectivité et d'indépendance. Affaire à suivre…

Le Gorafi

AVRIL 2025

POISSON ARTIFICIEL

Ça y est, tout le monde a généré sa petite image Ghibli et s'est senti pousser les ailes d'un artiste ? On peut revenir un peu sur Terre et parler de vrais problèmes, ou bien ?

Disons-le clairement : l'IA générative artistique porte en elle les germes d'un fascisme nouveau. Un fascisme si frustré de ne pas savoir dessiner correctement ou même de passer plusieurs années d'études à apprendre qu'il a préféré coder quelques lignes pour voler et s'approprier le travail d'autrui, et qualifier cela d'art ou d'avancée technologique. Pour reprendre les mots de Ian Malcolm, ils étaient si préoccupés par la question de savoir si cela était possible ou non techniquement qu'ils ne se sont pas posé la question de savoir s'ils devaient le faire.

Aujourd'hui, l'IA générative apporte plus de problèmes qu'elle n'en résout. La première photo générée, postée sur X, montrant de la fumée s'échappant du Pentagone, a causé un mini-krach boursier.

Des millions de personnes se réfèrent à ces IA, devenues de nouvelles Pythie de Delphes à qui on demande tout et n'importe quoi, mais dont on ne vérifie pas le CV. Qu'importe si elles ne savent pas ce qui s'est passé en Chine en 1989 ou si elles affirment que le 6 janvier 2021 était une révolte légitime. On n'ouvre plus de livres, on s'en remet à la machine, à des presse-bouton, à des prompts. On tombe dans l'ignorance crasse de la fainéantise parce qu'un jour un connard n'a pas été capable de prendre des notes pour résumer une réunion de quinze minutes et qu'il s'est senti obligé de compenser son incomparable bêtise congénitale par une IA qui serait capable de faire ce travail élémentaire à sa place.

Le fascisme commence quand on arrête de penser par soi-même.
Le fascisme pense pour vous.
Don't think, ask grok.

L'IA générative n'a été inventée que dans un seul but : s'attaquer aux artistes, aux gens qui pensent, qui créent, qui se lèvent et qui projettent dans leurs écrits, leurs toiles, leurs films, leurs rêves les plus fous, leur colère contre le monde, leurs désespoirs et leurs espoirs. Combien de livres ont façonné des vies, combien de films ont provoqué des vocations, combien de toiles ont choqué, énervé ? L'art a pour lui d'être unique, humain. En lui enlevant cela, on lui enlève ce qui fait son unicité : son âme. En niant son existence, en le réduisant à des prompts, le fascisme mène là une autre bataille, idéologique : l'uniformisation de la culture, de la pensée, et la fin de toute pensée critique.

En parlant de pensée critique, il suffit de voir le nombre d'émissions ou de journaux de satire politique qu'on a stoppés ces dix dernières années, dont *Siné Mensuel* le mois dernier. Pour reprendre les mots du Festival international du dessin de presse, de la caricature et de la satire, « la première censure est aujourd'hui une censure économique ». Derrière la censure, il y a un pouvoir. La satire déshabille ce pouvoir, qu'il soit économique, politique ou militaire. Elle le moque, elle le ridiculise. Au siècle dernier, Daumier moquait Louis-Philippe sous forme de Gargantua et écopa de six mois de prison ferme. Les choses ont-elles vraiment changé depuis 1832 ? Les Guignols, C'est encore nous ! et Le Grand Dimanche soir n'ont pas disparu par magie. Il y a quelques semaines, un dessinateur de presse postait un dessin sur X et écopait d'un avertissement pour avoir croqué Musk défavorablement. Une dessinatrice de presse du *Washington Post* démissionnait après un dessin jugé inapproprié par son propriétaire, Bezos. Et absolument tout le monde s'en fout parce que c'est pas notre problème, il y a quand même des choses plus importantes.

On pourrait lister les pressions politiques et économiques sur les autres médias indépendants. Beaucoup râlent parce que la presse appartient à des milliardaires. Combien ont déjà ouvert *Les Jours* ?

Dernier point : d'aucuns nous ont aussi demandé si nous voulions quitter X. Nous ne quitterons pas X. Nous n'avons aucune intention de quitter X volontairement. Notre ambition est de nous faire bannir de X.

Fuck Grok.

OUIGO VA SUPPRIMER LES TOILETTES ET DEMANDER AUX VOYAGEURS DE SE MUNIR D'UN SEAU

C'est une nouvelle qui risque de faire couler beaucoup d'encre. Hier, la SNCF a annoncé que ses trains Ouigo ne seraient plus équipés de sanitaires et a demandé à ses voyageurs de se munir d'un seau afin de satisfaire leurs besoins naturels.

Soucieuse du bien-être des passagers, la SNCF a cependant annoncé qu'elle pourrait mettre à leur disposition des Oui-Couches ainsi que des Oui-Seaux pour la modique somme de 10,99 euros. « Chaque seau doit tenir sous le siège, et si les passagers voyagent avec un seau supplémentaire non déclaré, ils risquent une amende de 57 euros TTC », prévient un contrôleur.

Afin de rendre le trajet le plus agréable possible pour l'ensemble des usagers, les passagers devront également préremplir sur SNCF Connect les besoins qu'ils pensent effectuer durant le trajet et à quelle fréquence. « Il suffit de cocher les cases correspondantes et de préciser la nature du besoin : par exemple, deux pipis et trois grosses commissions. Simple comme bonjour », explique la compagnie.

Côté passagers, beaucoup s'agacent de cette nouvelle exigence de Ouigo, prétexte selon certains pour racketter les usagers. Ainsi, la compagnie a expliqué dans un communiqué qu'elle n'hésitera pas à infliger une amende aux personnes qui urinent dans leur gourde et dont le seau ne tiendrait pas sous leur siège.

J'AI TROUVÉ UN ÉLECTEUR SOCIALISTE DANS MON JARDIN, QUE FAIRE ?

Chaque semaine, nous tentons de répondre à la question d'un de nos lecteurs. Aujourd'hui, c'est Henri T., de Rambouillet, qui nous écrit : « Bonjour, Le Gorafi. Ce matin, j'ai découvert un électeur socialiste roulé en boule sous mes fraisiers. Que dois-je faire pour m'occuper de lui ? J'ai peur de lui faire mal. Merci ! »

Comment l'approcher ?

Surtout, pas de gestes brusques. L'électeur socialiste est classé troisième des espèces en voie d'extinction par le WWF, derrière la tortue verte et le rasta blanc. Dans un premier temps, tentez de le mettre en confiance en diffusant à plein volume des discours de Michel Rocard ou en lui jetant des petits bouts de merguez sur la tête. Cela devrait lui suffire pour vous considérer comme un allié et le faire sortir de sous vos fraisiers pour vous tapoter l'épaule en vous appelant « camarade ».

Que lui donner à manger ?

L'électeur socialiste a des habitudes alimentaires bien strictes. Privilégiez de la nourriture ayant un faible pourcentage en tout. N'hésitez pas à lui donner également des aliments ayant un arrière-goût amer afin de lui rappeler les résultats de chaque élection, comme des endives, de la chicorée ou un pichet de Campari pur.

J'ai été mordu. Dois-je paniquer ?

Aïe, pas de chance. La salive d'un électeur socialiste contient plus de 80 neurotoxines surpuissantes qui peuvent agir en seulement quelques secondes sur votre cerveau. Parmi les principaux symptômes : idéalisme, xénophilie ou, pire, syndicalisme. Le seul remède connu à ce jour consiste à s'injecter de la sueur de Manuel Valls directement dans le plexus. Avec son ADN caméléon permettant de singer les cellules de gauche pour mieux les poignarder dans le dos, la sueur de Manuel Valls vous permettra ainsi d'éliminer toute trace de socialisme de votre corps et de repartir frais comme un gardon pour voter Dupont-Aignan aux prochaines élections.

Qui contacter ?

Plusieurs associations sont chargées de prendre soin des électeurs socialistes en détresse. La SP-PS (Société protectrice des partisans socialistes) ou encore la Croix-Rose vous enverront immédiatement une équipe de bénévoles afin d'emmener le petit trésor dans un endroit où il pourra se ressourcer en relisant des programmes de Martine Aubry, en reniflant des portraits de François Hollande ou en mangeant des flans tièdes.

SOCIÉTÉ

LÉO, 4 ANS, SOUHAITE DEVENIR CONSULTANT EN WEBMARKETING POUR PRÉEMPTER LA TASK FORCE

Fasciné très tôt par le monde du marketing digital, Léo n'a pas eu besoin d'Élisabeth Borne pour choisir son orientation dès la maternelle.

« Sa vocation s'est déclarée très tôt. À 2 ans à peine, il créait sa première présentation PowerPoint. Ses premiers mots, c'était *inbound marketing* », raconte la maman de Léo, à la fois fière et émue. Alors que les petits garçons de son âge rêvent de devenir pompiers ou footballeurs, Léo a choisi une tout autre voie : celle des CSP+, des chemises Celio bleu ciel et du burn-out à 33 ans.

Interrogés sur leur métier plus tard, les camarades de Léo ont aussi une idée très précise de leur avenir. « Moi, j'aimerais bien être cosmonaute ou alors cow-boy », nous dit Eliott, avant d'enfourner une crotte de nez de la taille du Venezuela au fond de sa bouche. Même son de cloche chez Jules, qui a accepté de répondre à nos questions à son réveil de la sieste et qui envisage, à moyen ou long terme, d'embrasser une carrière de Chase de *la Pat' Patrouille*.

D'autres enfants, en revanche, sont plus incertains quant à leur avenir, à l'instar du petit Mauro, tout juste 18 mois : « C'est ubuesque, je pense fermement que nous demander de choisir une orientation professionnelle à l'aube de notre scolarité va à l'encontre du principe même de la scolarité, dont l'essence même est de nous accompagner dans notre choix de carrière à travers des apprentissages et des rencontres cruciales. » Informée d'un probable mouvement de grève chez les maternelles, Élisabeth Borne a demandé d'abaisser à 2 ans l'âge légal pour être placé en garde à vue.

ÉLISABETH BORNE SALUE LE COURAGE DU PAPE FRANÇOIS « QUI CONTINUE DE TRAVAILLER APRÈS 88 ANS, LUI »

Alors que sa réforme des retraites vient d'être remise en chantier, l'ancienne Première ministre a salué le dévouement du souverain pontife «qui a accepté de travailler après 64 ans sans chialer».

À 88 ans et malgré son hospitalisation, le pape François reste un bourreau de travail. La preuve : entre une séance de rééducation et une oxygénothérapie, il n'est pas rare de le voir célébrer une messe ou prier pour des enfants malades. «C'est un modèle de résilience pour nous tous, affirme Élisabeth Borne. Visiblement, Dieu est un meilleur guide spirituel que la CGT.»

Fustigeant les salariés «qui s'écoutent un peu trop» et demandent une retraite anticipée au moindre cancer, Élisabeth Borne aimerait que les Français prennent un peu plus exemple sur le pape. «Est-ce que vous avez déjà entendu le Saint-Père se plaindre parce qu'il avait peur de ne jamais pouvoir profiter de sa retraite avec son conjoint ou ses petits-enfants ? Jamais!»

Alors que la rumeur enfle sur sa possible renonciation, le pape refuse pour l'instant de quitter son poste et ses fidèles. Un dévouement qui émeut l'ex-Première ministre aux larmes. « Malgré une double pneumonie, on peut toujours compter sur lui, et c'est ce qui manque à nos salariés en France : l'amour de leur métier. Imagine-t-on le pape François demander un mi-temps thérapeutique pour aller faire des cures thermales à Thonon-les-Bains et s'envelopper d'algues aux frais des contribuables ? »

Pour autant, le pape François est loin de détrôner Jean-Paul II dans le cœur d'Élisabeth Borne : «Un homme qui meurt pendant l'exercice de ses fonctions et ne perçoit aucun salaire, évidemment que ça me fait rêver.»

DONALD TRUMP DÉVOILE LES CODES DE L'ARME NUCLÉAIRE SUR X

Quelques heures à peine après avoir divulgué sur Signal les détails d'une opération militaire au Yémen, le président des États-Unis a malencontreusement publié les codes de l'arme nucléaire sur X (anciennement Twitter).

Informé de son erreur, Donald Trump a supprimé sa publication au bout de dix longues minutes. Une bévue grossière qu'il a immédiatement imputée à l'interface abominable de la plateforme X, avant de se souvenir qu'elle appartenait à Elon Musk. « Croyez-moi, tout ça, c'est principalement à cause des Mexicains transgenres », a-t-il fini par conclure.

EN QUELQUES MINUTES, L'INFORMATION A FAIT LE TOUR DU MONDE, JUSQU'À ATTEINDRE LE FEED DE KIM JONG-UN, QUI S'EST DÉLECTÉ DE CETTE ÉNORME ERREUR…

En quelques minutes, l'information a fait le tour du monde, jusqu'à atteindre le feed de Kim Jong-un, qui s'est délecté de cette énorme erreur. « Les États-Unis prouvent une nouvelle fois leur infériorité stratégique face à notre grande nation. Notre meilleur ingénieur militaire est actuellement en train de pirater l'arme nucléaire américaine à distance grâce à notre technologie de pointe. »

Très occupé à établir une connexion à l'aide d'un Minitel et d'un Nokia 3310, l'ingénieur en question n'a malheureusement pas pu répondre à nos questions quant à l'avancée des opérations.

Au-delà de cette incroyable faille sécuritaire, les spécialistes ont été surpris de constater que le code de l'arme nucléaire était « 0000 ». « C'est la seule suite de chiffres que Donald Trump est capable de mémoriser, confesse l'un de ses proches conseillers. On a essayé avec la date de la Déclaration d'indépendance, la date de son mariage et même sa propre date de naissance, mais c'est trop compliqué. »

LE GOUVERNEMENT ANNONCE VOULOIR MULTIPLIER PAR TROIS LE NOMBRE DE PERSONNES ÂGÉES À LEUR FENÊTRE

Pour améliorer la sécurité des Français, le gouvernement vient de dévoiler un plan d'action d'une ampleur sans précédent visant à multiplier par trois le nombre de personnes âgées à leur fenêtre dans toutes les grandes villes de France. Reportage.

Face à la montée de l'insécurité dans l'Hexagone, le gouvernement vient d'annoncer le lancement d'un projet participatif d'un nouvel ordre baptisé « Suvieillance ». « Aujourd'hui, nos capacités de surveillance dans les grandes villes sont limitées. Voilà pourquoi nous comptons les étendre considérablement en exploitant une réserve quasiment inépuisable : les petites vieilles, a annoncé ce matin Bruno Retailleau lors du Conseil des ministres. Rien n'échappe aux petites vieilles. Elles se méfient de tout et de tout le monde, sont déjà en place partout, sont peu chères à entretenir et, avec une vision périphérique en 144p, elles auront exactement la même résolution que nos caméras », a-t-il conclu sous les « hourras » des participants.

LE GOUVERNEMENT VIENT D'ANNONCER LE LANCEMENT D'UN PROJET PARTICIPATIF D'UN NOUVEL ORDRE BAPTISÉ « SURVIEILLANCE ».

Avec un déploiement progressif sur l'ensemble du territoire à partir de juin 2025, le gouvernement espère tripler la présence de personnes âgées à leur fenêtre d'ici 2028. Pour ce faire, chaque senior se verra remettre un « kit de surveillance » composé d'un carnet à spirale petits carreaux, d'un crayon à papier Baignol et Farjon ainsi que d'une paire de jumelles, d'un dictaphone et d'une boîte de 12 collyres anti-glaucomateux pour protéger ses pupilles.

Dans le même temps, une campagne de communication au slogan évocateur – « Je suis une Survieille » – sera déployée à la radio (Nostalgie, Ici, Vivre FM) ainsi qu'à la télévision (France 3, LCP, Melody et Vivolta) à une heure de grande écoute. Enfin, chaque compte rendu de surveillance déposé sur le site jesurvieille.gouv offrira aux personnes âgées un certain nombre de points leur donnant accès à plusieurs lots, comme un séjour pour une personne à Berck-sur-Mer, un sachet de 150 bergamotes de Nancy ou encore une pierre tombale 100 % personnalisable, pour soi-même ou à offrir.

Une solution moderne et surtout maligne puisqu'elle permettra aux retraités les plus démunis d'arrondir leurs fins de mois tout en leur redonnant enfin un rôle dans la société.

ITALIE – UNE SECTE RÉPUTÉE PERD SON PRINCIPAL GOUROU

Ce matin, une figure emblématique italienne est décédée à l'âge de 88 ans.

C'est une atmosphère très paisible qui règne ce matin dans cette banlieue romaine, malgré la mort inattendue de l'un de ses plus célèbres habitants. François* (son prénom a été modifié) était en effet à la tête d'une secte réputée à l'échelle aussi bien locale qu'internationale, si l'on en croit certaines études.

L'Académie française définit une secte comme un groupe de personnes adhérant aux enseignements d'un maître à penser ; c'est précisément ce qui distinguait François, reconnu comme une figure intellectuelle incontournable de la région. Ses voisins le décrivent comme un homme sans histoire, attentif et à l'écoute, mais avec certaines limites : « Il pouvait passer des heures à vous écouter, mais si vous étiez un tant soit peu féministe ou homosexuel, il savait subtilement vous faire comprendre qu'il valait mieux s'éclipser. Un vrai Sagittaire ! nous confie un adepte avant de continuer : François était un vrai pilier dans notre communauté, il attirait les foules comme Osiris ou Mylène Farmer en leur temps. »

« IL POUVAIT PASSER DES HEURES À VOUS ÉCOUTER, MAIS SI VOUS ÉTIEZ UN TANT SOIT PEU FÉMINISTE OU HOMOSEXUEL, IL SAVAIT SUBTILEMENT VOUS FAIRE COMPRENDRE QU'IL VALAIT MIEUX S'ÉCLIPSER… »

Des notaires du monde entier se rejoignent dans le village afin d'étudier la fortune de François, qui s'élève à 2 000 milliards d'euros. Une coquette somme qui compte beaucoup de biens immobiliers et de petites figurines. « C'était un collectionneur, François, mais il partageait tout, nous révèle un de ses disciples avec un trémolo dans la voix. Souvent, il se mettait à son balcon le dimanche pour nous parler du roman qu'il lisait en boucle. C'était passionnant de l'écouter et ça permettait de se changer les idées. C'était l'histoire d'un homme qui vit en tongs. Ça me rappelle mon voyage à Bali », continue son amie, elle aussi très émue.

Une chose est sûre : même après sa mort, François continue à vivre dans le cœur de sa petite communauté, qui reste très soudée. Sa famille et ses amis ont souhaité organiser des funérailles en toute intimité sur la place du village, qui auront lieu dans les prochains jours.

DÉCÈS DU PAPE FRANÇOIS – LE VATICAN DEMANDE D'ATTENDRE « AU MOINS TROIS JOURS POUR ÊTRE SÛR »

« SI LA BIBLE NOUS A BIEN APPRIS QUELQUE CHOSE, C'EST QU'IL PEUT SE PASSER ÉNORMÉMENT DE CHOSES EN TROIS JOURS. »

Un laps de temps jugé « indispensable » par le Saint-Siège pour voir si le Saint-Père « reprend du poil de la bête ».

C'est une journée noire pour les chrétiens du monde entier. Le pape François, 88 ans, nous a quittés dans la nuit de dimanche à lundi. Un drame que les cardinaux du Vatican ont tout de même décidé de nuancer, à commencer par Felipe, bras droit du souverain pontife : « Inutile de s'emballer. La nouvelle est choquante, certes, mais si la Bible nous a bien appris quelque chose, c'est qu'il peut se passer énormément de choses en trois jours », explique-t-il avant de lancer son chronomètre sur son iPhone XVI.

Afin de marquer l'événement, un écran à LED placé au-dessus du Saint-Siège diffusera vingt-quatre heures sur vingt-quatre, et ce pendant trois jours, un gigantesque compte à rebours. Des caméras infrarouges seront quant à elles braquées sur le corps du Saint-Père afin de filmer en temps réel le réveil de Sa Sainteté. Enfin, la musique « Samba de Janeiro » sera jouée automatiquement à plein volume via des enceintes de deux fois 4 000 watts une fois que le pape François sera revenu d'entre les morts et sortira sur son balcon pour saluer ses fidèles.

Dans le cas où rien ne se passerait au bout de soixante-douze heures, le Vatican a déclaré qu'il s'autoriserait à attendre vingt-quatre heures de plus afin de laisser le souverain pontife se reposer encore à la suite de son séjour difficile à l'hôpital Gemelli.

UN DOCUMENTAIRE ACCABLANT SUR ADOLF HITLER MONTRE À QUEL POINT IL N'ÉTAIT PAS UN PERSONNAGE FRÉQUENTABLE

Un documentaire en trois épisodes diffusé sur Netflix et intitulé *De peintre à Führer : le cas Hitler* rend justice aux victimes de la Shoah et démontre qu'elles n'étaient sans doute pas toutes des mythomanes.

Malgré une esthétique lourde, le documentaire accablant sur Hitler, quatre-vingts ans après sa mort, relance les débats sur les réseaux sociaux. Certains crient à l'acharnement contre le dictateur nazi. D'autres estiment au contraire qu'il a bénéficié d'une trop grande mansuétude. Grâce à de nombreux témoignages et des images d'archives, on découvre en tout cas la face cachée de l'homme d'État allemand, qui serait beaucoup moins débonnaire qu'on le dit. L'hypothèse selon laquelle le génocide juif serait une série de crimes passionnels ne tient pas. Ledit génocide orchestré par le tyran, souvent qualifié d'« erreur de parcours » ou de « léger dérapage », se révèle beaucoup plus cruel que dans la présentation qu'en ont fait les médias à l'époque.

GRÂCE À DE NOMBREUX TÉMOIGNAGES ET DES IMAGES D'ARCHIVES, ON DÉCOUVRE EN TOUT CAS LA FACE CACHÉE DE L'HOMME D'ÉTAT ALLEMAND.

Charge violente

Pire, on découvre au fur et à mesure du documentaire qu'il aurait prémédité ses crimes dans un livre largement passé sous silence, *Mein Kampf* (Mon combat, NDLR). Bref, il semble bien que ce peintre doté d'un bel avenir et cet homme politique de génie n'ait pas fait que se fourvoyer : il a également commis un certain nombre de choses pas très catholiques, voire carrément répréhensibles. Malgré cette enquête à charge, plusieurs historiens interrogés rappellent qu'il faut distinguer le criminel de guerre du criminel contre l'humanité.

Le Gorafi

MAI 2025

5 CHOSES À SAVOIR SUR LE NOUVEAU PAPE LÉON XIV

Dix-sept jours après la mort du pape François, l'Américain Robert Francis Prevost est devenu le 267e souverain pontife à entrer dans l'histoire. Voici cinq faits marquants (et surprenants) à connaître sur lui.

1 – Il est athée

Premier pape non croyant de l'histoire du Vatican et ne maîtrisant pas un seul mot de latin, allergique à la soie de la mitre et ayant lu seulement un quart de la Bible en livre audio en 2009, il a également annoncé n'être disponible qu'un dimanche sur trois pour cause de cours de squash. À suivre…

2 – Son nom de pape devait être « Glock XXVII »

Américain de cœur, son nom fut pourtant loin de faire l'unanimité au sein du Vatican. Un problème qu'il rencontra également avec ses autres propositions : « Rambo II », « Malcolm X » et « Mario LXIV ». Il finit par se rabattre sur « Léon XIV » en hommage à la chaîne de restauration Léon de Bruxelles dans laquelle il avait « passé un moment inoubliable en 2016 en mangeant des moules au beurre ».

3 – Profondément humaniste, il est POUR le mariage homosexuel et CONTRE le reggaeton

Encore plus progressiste que le pape François, Léon XIV s'est engagé à s'investir corps et âme pour faire entrer le catholicisme dans le xxie siècle. Il se déclare ainsi favorable à l'union des couples homosexuels et au bannissement définitif dans les flammes de l'enfer de toute personne écoutant, interprétant ou simplement « déclarant aimer » le ska, le merengue ou encore le reggaeton. Il était temps.

4 – Sa femme est la fille de Benoît XVI

Le monde est un village. Églantine Morelli, 62 ans, femme du pape Léon XIV depuis plus de trente-quatre ans, se trouve n'être ni plus ni moins que la fille cadette du feu pape Benoît XVI. Une anecdote d'autant plus surprenante que, sur les huit enfants du pape Léon XIV, trois ont été scolarisés dans la même école que ceux du pape François.

5 – Il a un ratio de 1,53 sur *Call of Duty : Black Ops 2*

Surnommé par ses comparses « l'As du couteau tactique », il termine 2e des Killstreak Masters 2012 aux côtés de la team Skullbreakers pour la troisième année consécutive. Une carrière parallèle qu'il a aujourd'hui totalement mise de côté, même s'il lui arrive encore de se connecter de temps en temps avec son pseudo de l'époque, The_Hellish_Ghoul, pour se faire « une petite game ».

POLITIQUE

PAR SÉCURITÉ, BRUNO RETAILLEAU PROPOSE D'ARRÊTER TOUS LES MUSULMANS QUI ONT DES FRÈRES

Suite au rapport sur les Frères musulmans, le gouvernement veut appliquer « des réponses justes et mesurées, pour ne pas sombrer dans la psychose ».

« Ça ne m'étonne pas du tout ! Je m'en doutais déjà avec l'augmentation du nombre de parfums disponibles dans les bars à chicha. Mais là où j'en ai vraiment été convaincu, c'est quand j'ai vu que c'est Slimane qui avait été choisi pour participer à l'Eurovision l'année dernière ! » a déclaré Philippe de Villiers après la parution d'un rapport faisant état d'une hausse de la présence du mouvement des Frères musulmans en France.

Connu pour des mesures parfois radicales, le ministre de l'Intérieur Bruno Retailleau a tenu à assurer qu'il sera très vigilant sur le fait qu'il ne faut faire aucun amalgame :

« Les arrestations ne concerneront évidemment que les musulmans qui ont des frères ! Ou des sœurs, car nous ne voulons pas faire preuve de sexisme. Bien évidemment, les musulmans enfants uniques ne risqueront rien ! Sauf si on les entend appeler quelqu'un “frère”… Ou s'ils connaissent la chanson “Mon frère” des *Dix Commandements.* »

Un ministre obsédé par la question de l'islam ?

Accusé de faire une véritable fixation sur les musulmans depuis son arrivée au ministère de l'Intérieur, le pensionnaire de Beauvau se défend : « La guerre contre l'islamisme radical n'est qu'un des nombreux combats que je mène dans le cadre de mes fonctions. Mais je suis tout aussi présent dans la lutte contre les Maghrébins, les Arabes, les femmes voilées, les producteurs de dattes et ceux qui font le ramadan… Alors ne venez pas encore me faire un faux procès ! » Des mots qui feront certainement taire les mauvaises langues et apaiseront les tensions.

SOCIÉTÉ

IL REFUSE DEUX FOIS LE POSTE DE PAPE ET SE FAIT RADIER DE FRANCE TRAVAIL

Mauvaise surprise pour Patrice, 33 ans, qui, après avoir refusé deux fois de suite le poste de Saint-Père en chef proposé par France Travail, s'est vu purement et simplement radié du site. Reportage.

Il est 11 heures du matin lorsque Patrice Sauvignon, 33 ans, reçoit par mail une nouvelle alerte emploi de France Travail. « Recherche d'urgence souverain pontife de l'Église universelle, vicaire de Jésus-Christ, successeur du prince des Apôtres, pour un poste en CDI à pourvoir dès que possible. Rémunération : selon profil. Langues parlées : italien, anglais, latin (niveau B2 minimum). Télétravail possible. Missions : retranscrire fidèlement la parole de Dieu pour fidéliser notre fanbase de plus 1,5 milliard d'abonnés. La maîtrise de la suite Adobe est un plus. Contact : cityofvaticanishiring@laposte.net. Professionnellement vôtre, cardinal Giuseppe. »

Titulaire d'un CAP charcuterie et responsable museau vinaigrette dans une enseigne de traiteur porcin, c'est tout naturellement que Patrice a décidé de ne pas donner suite. « C'est la deuxième fois qu'ils m'envoient cette offre. Avant ça, ils m'avaient proposé de postuler pour devenir réparateur de satellites militaires, contorsionniste au Cirque du Soleil, VRP pour une marque de tire-fesses ou sosie de Mickey Rourke, raconte-t-il, blasé. Et puis tout à l'heure, j'ai essayé de me connecter à mon espace pour m'actualiser. J'ai été stupéfait de voir qu'ils m'avaient tout simplement radié du site », poursuit-il, hagard, avant d'éclater en sanglots.

Une sanction radicale qui touche de plus en plus de personnes en recherche d'emploi. Le mois dernier par exemple, c'est Thierry Meyer, un ébéniste de 29 ans, qui avait été radié de France Travail après avoir décliné par deux fois l'offre « Cherche astronaute en alternance pour travailler à l'ISS une semaine sur deux ».

80 % DES FEMMES ADMETTENT QUE LE PLUS BEAU CADEAU DE FÊTE DES MÈRES SERAIT QUE LEURS ENFANTS SOIENT AILLEURS

Un sondage Ifop pour *Le Parisien* révèle qu'une grande majorité de femmes ne rêverait pas de plus beau cadeau pour la fête des Mères que de ne pas voir leurs enfants pendant toute une journée.

80 % des femmes admettent que le plus beau cadeau de fête des Mères serait que leurs enfants soient ailleurs. C'est le résultat d'un sondage effectué sur un échantillon de 100 femmes, représentatif de la population. 41 % des femmes interrogées souhaiteraient que leurs enfants partent le jour de la fête des Mères pour un pays lointain et pour une durée d'au moins deux mois. 37 % aimeraient qu'ils soient placés dans une famille d'accueil pour quelques années. Enfin, 22 % voudraient les abandonner au beau milieu d'une forêt hostile et lugubre sans nourriture et sans petits cailloux pour se repérer.

Des aspirations peu prises en compte

65 % des femmes interrogées avouent également qu'elles préféreraient largement un sex-toy au traditionnel collier de nouilles confectionné pour l'occasion par leurs enfants. Parmi elles, 55 % se verraient bien remplacer la journée habituelle de fête des Mères par un apéro entre copines de 10 heures à 4 heures du matin le lendemain. Enfin, 100 % des interrogées aimeraient que leur compagnon ne leur offre ni fleurs ni parfum mais « dégage de la maison au moins pour la journée ».

41 % DES FEMMES INTERROGÉES SOUHAITERAIENT QUE LEURS ENFANTS PARTENT LE JOUR DE LA FÊTE DES MÈRES POUR UN PAYS LOINTAIN ET POUR UNE DURÉE D'AU MOINS DEUX MOIS...

Rappelons que, l'année dernière, un autre sondage révélait que 98 % des femmes troqueraient volontiers la fête des Mères contre une augmentation de leur salaire.

ÉCONOMIE

IL MEURT AVANT L'ARRIVÉE DU RUISSELLEMENT

Bruno, 57 ans, s'est éteint la semaine dernière alors que le ruissellement ne devait plus tarder à arriver. Une véritable tragédie pour le quinquagénaire ainsi que pour tous les membres de sa famille.

Il n'aura pas connu le ruissellement. Bruno P., 57 ans, résidant à Saint-Dizier (52), est mort la semaine dernière des suites d'un cancer du côlon. Sa femme, Isabelle, n'a pas caché sa déception : « Quand je pense à toutes les montagnes d'argent qu'il devait toucher et dont il ne verra même pas la couleur, ça me rend très triste. » Sa fille, Chloé, renchérit : « C'est d'autant plus dommage qu'il avait à chaque fois voté Macron au premier tour, donc il savait que le ruissellement n'allait pas tarder à arriver. » Puis d'exprimer des regrets : « Je me dis qu'on n'a peut-être pas fait suffisamment de sacrifices pour donner aux riches afin que ça ruisselle plus fort et plus vite. »

Un avenir florissant brisé net

Le meilleur ami de Bruno, Jean-Paul, pleure un « compagnon fidèle et un homme raisonnable ». Il se désole lui aussi de cette mort soudaine et injuste : « Il avait toujours rêvé de découvrir l'effet que ça fait d'avoir des stock-options et du champagne qui coule à flots. Il aura juste gagné le Smic toute sa vie. C'est vraiment trop bête, ça s'est joué à rien. » Selon ses proches, Bruno avait déjà commencé à mettre de l'argent de côté pour s'acheter une Ferrari en prévision de l'arrivée du ruissellement. À ce jour, il avait déjà réuni la coquette somme de 360 euros.

GRÂCE À LA MÉDITATION, IL RESTE EXÉCRABLE MAIS EN PLEINE CONSCIENCE

Quelques mois seulement après avoir découvert la spiritualité, Pierrick peut désormais profiter totalement de son côté passif-agressif.

« Bonjour, et félicitations, hein ! Ah, vous n'êtes pas enceinte ? Vous êtes sûre ? Bon… » C'est par ces mots que Pierrick Bichon a accueilli notre journaliste dans le cadre de notre interview. Alors qu'il est décrit par ses collègues comme un type odieux, ce chef de projet marketing de 42 ans nous explique comment la méditation a changé son quotidien : « Avant, je méprisais mes collègues sans vraiment réfléchir, c'était plus de l'habitude qu'autre chose… Mais aujourd'hui, quand je rabaisse quelqu'un, je le fais consciemment, en respirant profondément, et ça me fait me sentir vraiment vivant. »

« AUJOURD'HUI, QUAND JE RABAISSE QUELQU'UN, JE LE FAIS CONSCIEMMENT, EN RESPIRANT PROFONDÉMENT, ET ÇA ME FAIT ME SENTIR VRAIMENT VIVANT… »

Depuis qu'il est tombé sur une pub pour l'application *Petit Bambou* il y a six mois, Pierrick pratique quotidiennement la méditation, et son entourage le ressent. « C'est vrai qu'il avait souvent l'air triste avant, et on se disait que c'était sûrement pour ça qu'il était aussi désagréable… Mais en fait, ce qui le rendait triste, c'était la culpabilité d'être un enfoiré. Maintenant qu'il est passé outre, il insulte tout le monde, mais en souriant. On sent qu'il est vraiment épanoui aujourd'hui », nous explique sa sœur avant de fondre en larmes.

Des projets professionnels réjouissants

En tant que startupeur confirmé, Pierrick sent qu'il y a un business à développer autour de cette spiritualité adaptée au mépris et à la misanthropie : « Déjà, j'ai commencé à écrire un bouquin qui s'appellera *Comment faire chialer sa femme et ses gosses juste pour le kif*, et puis là, je bosse aussi sur une appli qui sera dédiée à ce que j'ai appelé la méditation haineuse qui s'appellera *Détestation en pleine conscience*, donc, comme vous le comprenez, moi, j'ai du boulot, là, en fait… Donc, si vous pouviez prendre votre manteau couleur fiente de pigeon, votre haleine de déchetterie et vos questions de collégien, et vous tirer de chez moi, ça serait pas mal… Oh, bordel, ce que ça fait du bien… » a-t-il conclu avant de nous cracher au visage et de nous expulser de son domicile.

PRÉSIDENTIELLE – UN SONDAGE IFOP RÉVÈLE QUE LA GAUCHE NE SERA MÊME PAS AU PREMIER TOUR

Quelques jours après un premier sondage révélant que la gauche ne serait pas au deuxième tour si la présidentielle avait lieu aujourd'hui, un autre sondage dévoile qu'elle ne serait même pas au premier tour. Explications.

Un sondage Ifop paru ce matin dans *Le Parisien* révèle que la gauche ne serait même pas au premier tour si l'élection présidentielle avait lieu aujourd'hui. Seules 3 % des personnes interrogées souhaiteraient en effet qu'il y ait un candidat de gauche au premier tour. Or, 30 % de ces 3 % assurent qu'elles n'iraient même pas voter si le candidat de la gauche était Jean-Luc Mélenchon. Le problème est que les 70 % restants ne se déplaceraient pas dans le cas inverse. À noter également que 75 % des sympathisants de gauche classent François Ruffin à l'extrême droite et Fabien Roussel à l'ultradroite.

SEULES 3 % DES PERSONNES INTERROGÉES SOUHAITERAIENT EN EFFET QU'IL Y AIT UN CANDIDAT DE GAUCHE AU PREMIER TOUR...

Quelques restes d'unité

Tout ceci en dit long sur la division de la gauche, ce que confirment les intentions de vote en cas de primaire. En effet, 35 % des sympathisants de gauche n'iraient tout simplement pas voter s'il y avait un candidat représentant LFI. Inversement, 65 % des sympathisants se désintéresseraient totalement de la primaire si un candidat PS se présentait. Il reste toutefois quelques motifs d'espoir pour la gauche puisqu'une grande majorité des sondés se retrouve sur quelques points essentiels. Ainsi, 92 % des personnes interrogées ont oublié qui était Lucie Castets, 95 % d'entre elles souhaiteraient que François Hollande se consacre désormais au macramé et 100 % ne veulent pas qu'Anne Hidalgo soit candidate.

EUROVISION – LOUANE « PRÊTE À TOUT DONNER » POUR FINIR DERRIÈRE DES POLONAIS DÉGUISÉS EN TONGS

La jeune chanteuse qui représentera la France au concours de chant européen est plus déterminée que jamais pour finir en milieu de classement.

« Cette année, c'est la bonne ! » s'exclame Louane, pleine d'assurance, à quelques jours de l'Eurovision. Celle qui portera les couleurs de la France avec sa chanson « Maman » croit en ses chances, malgré une concurrence qui s'annonce rude. « L'Islande a prévu de frapper un grand coup en envoyant une star de l'électro disco qui joue de l'harmonica avec son nez », souligne la jeune artiste, visiblement impressionnée.

« ON A ENVISAGÉ UN MOMENT D'Y ALLER AVEC UN COSTUME RAPPELANT LA FRANCE, COMME UN COQ, UNE BAGUETTE OU UN CHASSEUR EN ÉTAT D'ÉBRIÉTÉ. »

Mais le véritable danger viendra cette année de l'Europe de l'Est, puisque le groupe qui représentera la Pologne s'annonce comme le grand favori de la compétition. L'ensemble polyphonique mêle musique traditionnelle et chants liturgiques pour un résultat émouvant, le tout déguisé en énormes tongs. Une proposition entre tradition et modernité qui risque de faire de l'ombre à notre star nationale.

« Le déguisement, c'est un peu l'arme secrète pour séduire les téléspectateurs européens, concède Louane. On a envisagé un moment d'y aller avec un costume rappelant la France, comme un coq, une baguette ou un chasseur en état d'ébriété manifeste, mais on a préféré miser uniquement sur la musique et la partialité des juges. » Pour rappel, la France s'était classée 4ᵉ l'an dernier grâce à une prestation magistrale de Slimane déguisé en médecin urgentiste.

PARIS : IL FAIT FORTUNE EN RENOMMANT SA BOULANGERIE « BAR À PAINS »

En s'associant avec un ami diplômé d'une école de commerce, ce boulanger du 11e arrondissement a disrupté le monde de la baguette.

«J'aime bien dire qu'on a utilisé une baguette magique pour transformer notre établissement, car j'adore les jeux de mots sur l'univers du pain, mais la vérité, c'est qu'on a redonné un coup de polish sur un concept en perte de vitesse », nous explique Basile, diplômé de l'École supérieure de commerce de Pau. «Quand Basile m'a proposé de transformer ma boulangerie, j'étais d'abord sceptique. Parce que d'un côté, j'avais testé un bar à crêpes et j'avais adoré, mais j'avais aussi testé un bar à ongles, et j'ai trouvé ça beaucoup moins bon », nous explique Étienne L., boulanger depuis onze ans.

« J'AIME BIEN DIRE QU'ON A UTILISÉ UNE BAGUETTE MAGIQUE POUR TRANSFORMER NOTRE ÉTABLISSEMENT, CAR J'ADORE LES JEUX DE MOTS SUR L'UNIVERS DU PAIN. »

Une véritable boulangerie 3.0

«Pour que ce soit efficace, il nous fallait un fonctionnement beaucoup plus à l'américaine. Alors on a installé des bornes de commande, on a remplacé les vendeurs en boulangerie par des baristas, et pour retrouver les clients, on écrit leur nom en sucre glace sur leurs commandes, nous explique Basile dans son chino beige. Je trouvais ça bizarre de renommer les croissants *half-moon sweetness*, mais faut dire que ça a marché. En plus, on a augmenté tous les prix de 150 % et les clients viennent encore plus qu'avant, alors qu'on a rien changé à la recette. C'est quand même hyper pratique pour les affaires que les gens soient idiots ! »

Forts de leur succès, les deux amis ne comptent pas s'arrêter en si bon chemin et ont déjà de nombreux autres projets : « Notre prochaine acquisition, ce sera un théâtre qu'on va transformer en "bar à spectacles". On a également une fromagerie qu'on veut rebrander en "bar à goudas", mais c'est surtout pour le jeu de mots avec barracuda. Et on a aussi un gros projet avec le gouvernement, c'est de transformer l'Assemblée nationale en "bar à députés" pour rendre l'endroit un peu plus attractif parce qu'en ce moment ils ont beaucoup de mal à remplir ! »

LA FRANCE APPELLE ISRAËL À FAIRE UN TEMPS CALME POUR RÉFLÉCHIR À SON COMPORTEMENT

Très préoccupée par les frappes menées à Gaza, la France a menacé Israël de se fâcher tout rouge si le retour au calme n'intervenait pas dans les meilleurs délais.

Malgré son rang de chef de la diplomatie positive, Jean-Noël Barrot ne mâche pas ses mots à l'égard d'Israël : « Nous espérions ne pas en arriver là, mais les exactions commises à Gaza nous poussent malheureusement à appliquer des méthodes radicales. »

Après avoir patiemment réclamé le calme et expliqué à Israël en fronçant les sourcils pourquoi sa façon d'agir était problématique, la France s'apprête donc à imposer à Benjamin Netanyahou un temps calme pour réfléchir à son comportement. « Ce n'est pas une punition, c'est une solution pour se recentrer sur ses émotions à travers une activité comme du yoga ou un atelier pâte à modeler », précise le chef de la diplomatie positive.

Des solutions qui ont fait leurs preuves chez les enfants de moins de 6 ans, et auxquelles Jean-Noël Barrot croit fermement pour apaiser les tensions politiques. « Nous avons testé cette méthode sur Donald Trump en lui proposant une activité puzzle. Il a avalé huit pièces mais nous avons confiance en son potentiel de réussite. »

Déterminée à résoudre le conflit israélo-palestinien, la France ne s'interdit pas d'avoir recours à des méthodes plus musclées si nécessaire, en privant par exemple Benjamin Netanyahou de dessert.

LES DONS DE LA PETITE SOURIS SERONT DÉSORMAIS SOUMIS À UNE TVA DE 20 %

Le ministre de l'Économie et des Finances a confirmé que les dons déposés par la petite souris seraient taxés dès le mois prochain, afin de participer au remboursement de la dette de l'État.

Éric Lombard l'avait annoncé dès son arrivée au gouvernement : « Toutes les solutions seront étudiées pour réduire la dette publique. Les dons opérés par la petite souris consécutivement à la perte d'une dent de lait seront ainsi soumis à la TVA pour tous les enfants, sans exception », explique le ministre, mettant ainsi fin à une « zone grise fiscale » qui subsiste depuis des années.

Les dons devront être déclarés aux impôts en remplissant le formulaire 2735 et feront l'objet d'une exonération en cas de donation de plus de 65 900 euros. Les dons de type bonbons, jeux vidéo et autres vélos devront être déclarés dans le formulaire dédié aux dons en nature et pourront faire l'objet d'une réduction d'impôt à hauteur de 66 %, « à condition que l'enfant soit déclaré comme une organisation d'intérêt général », précise le ministre.

De son côté, la petite souris devra également déclarer toutes les dents de lait récoltées au cours de l'année fiscale puisqu'elles ont vocation à être utilisées dans le cadre d'un projet immobilier (un château en ivoire, NDLR). « Le bien sera soumis à la taxe foncière, comme n'importe quel autre bien immobilier », poursuit Éric Lombard, qui compte bien étendre ce système de taxation à la quête effectuée à la fin de la messe, aux cagnottes de pot de départ en retraite et aux dons reçus par les sans domicile fixe.

EN L'HONNEUR DU NOUVEAU PAPE, LES ÉLÈVES DE BÉTHARRAM AURONT DROIT À UN BOL D'EAU ET DES CROQUETTES

La célèbre institution a mis les petits plats dans les grands pour la nomination du nouveau chef de l'Église.

C'est un jour que les élèves de Bétharram ne sont pas prêts d'oublier. En effet, l'arrivée du nouveau Saint-Père a été l'occasion de fastes sans commune mesure dans l'histoire de l'institution. Fini la miche de pain rassie et l'eau croupie, et place au délicieux « velouté d'eau du robinet sur son lit de croquettes Fido », peut-on lire sur le menu du self.

Du côté des pensionnaires, évidemment, on ne boude pas son plaisir. Comme Célestin, élève de 4e à Bétharram, qui nous a répondu lors d'un cours d'EPS à 3 heures du matin éclairé par deux miradors: «On… va… se… régaler ! » Même son de cloche pour Gontran, qui a validé la démarche d'un pouce en l'air, tout en battant le record du 10 000 mètres du département; bien aidé, il est vrai, par les deux bergers allemands à sa poursuite.

Après les nombreuses polémiques, François Bayrou a été interrogé pour savoir si ces festivités allaient dans le bon sens. Le Premier ministre a immédiatement saisi la balle au bond:

«Bétha-quoi ? Euh... jamais entendu parler, désolé. En fait, je n'ai jamais été vraiment maire de Pau, ni vraiment originaire du Béarn… TAXI! TAXI!»

Le Gorafi

JUIN 2025

ELON MUSK ANNONCE ARRÊTER LA POLITIQUE POUR SE CONSACRER À PLEIN TEMPS AU RACISME

L'ancien conseiller spécial de Donald Trump ne parvenait plus à concilier toutes ses activités.

Il y a quelques jours, le fondateur de Tesla a annoncé mettre un terme à son activité de conseiller spécial du Président américain : « Rassurez-vous, je n'ai aucun problème avec le gros orange et sa politique financière absurde, mais je me suis un peu trop dispersé, et je dois me concentrer sur mes priorités », a déclaré le père de X Æ A-12. Si certains pensaient que Musk allait se focaliser sur son business, il n'en est rien : « Tesla peut tourner sans moi, par contre, les racistes du monde entier comptent sur moi, et je ne peux pas les décevoir. »

Mais alors, que compte faire concrètement le milliardaire ? « Déjà, il faut que je retravaille mon salut nazi, tout le monde a pris ça pour un salut romain, c'est très vexant. Ensuite, je vais aller financer l'extrême droite un peu partout en Europe. Puis mon projet final serait de réussir à rétablir l'esclavage ! J'y travaille, mais ça demande beaucoup d'énergie pour convaincre tout le monde, surtout les Noirs ! C'est pour ça que je ne peux plus parasiter mon emploi du temps avec de la petite politique locale. »

« TESLA PEUT TOURNER SANS MOI, PAR CONTRE, LES RACISTES DU MONDE ENTIER COMPTENT SUR MOI, ET JE NE PEUX PAS LES DÉCEVOIR… »

Des modèles français ?

Si la décision d'Elon Musk peut surprendre, c'est une trajectoire qui a pourtant déjà été suivie de nombreuses fois dans l'Hexagone. On se souvient par exemple de Vincent Bolloré qui a abandonné la culture et le divertissement à la télé pour s'impliquer à 100 % dans la xénophobie, comme son ami Pascal Praud qui a délaissé le journalisme pour se consacrer aux discussions de comptoir xénophobes et réacs.

FRANÇOIS BAYROU ASSURE QU'IL N'ÉTAIT PAS AU COURANT DE L'EXISTENCE DE LA PALESTINE

Pour sa défense, le chef du gouvernement a confié avoir arrêté de suivre les actualités, trop anxiogènes à son goût.

Questionné par Mathilde Panot à l'Assemblée nationale concernant la situation dans la bande de Gaza, François Bayrou a répondu qu'il ne connaissait pas ce nouveau gang. Une réaction qui a provoqué l'émotion dans les rangs de l'hémicycle, et un nouveau coup dur pour le locataire de Matignon, qui s'est plaint que personne ne l'informe jamais de rien.

UN NOUVEAU COUP DUR POUR LE LOCATAIRE DE MATIGNON, QUI S'EST PLAINT QUE PERSONNE NE L'INFORME JAMAIS DE RIEN.

François Bayrou a nié avec véhémence avoir eu connaissance d'une guerre dans la bande de Gaza, déclarant n'avoir jamais été informé d'actes répréhensibles ou de violences particulières. Une commission parlementaire tente de déterminer ce que faisait François Bayrou ces soixante-quatorze dernières années et s'il a pu, comme il l'affirme, ne pas avoir été informé de l'existence d'un conflit entre l'Israël et la Palestine.

« La Palestine, ça ne me dit honnêtement rien : je veux bien m'intéresser à l'international, mais ces gens ne font rien pour qu'on parle d'eux ! Est-ce qu'ils ont déjà gagné une Coupe du monde de football ou battu le record de la plus grosse tartiflette du monde ? » s'est-il emporté. Avant de préciser qu'il connaissait bien l'État d'Israël, et qu'il avait adoré leur chanson à l'Eurovision.

Ayant pris conscience de l'urgence de la situation en Palestine, François Bayrou s'est dit prêt à trouver des solutions en collaboration avec le Premier ministre, dès qu'il l'aura « identifié ».

LA SÉRIE *HPI* SUR TF1 SERA REMPLACÉE À LA RENTRÉE PAR *TDAH*

Alors que la cinquième et dernière saison de *HPI* a débuté le 15 mai dernier, TF1 a annoncé que la série serait remplacée à la rentrée par un nouveau feuilleton nommé *TDAH*.

La célèbre Morgane Alvaro va faire ses adieux, mais TF1 lui a déjà trouvé une remplaçante en la personne de Megane Alvara, une héroïne atteinte d'hyperactivité et de troubles de l'attention, qui débarquera à la rentrée. Cette dernière, également interprétée par Audrey Fleurot, passera du statut de femme de ménage à consultante pour la DNPJ de Lille grâce à sa vivacité d'esprit et à sa capacité à résoudre les affaires les plus complexes. Si le scénario semble très proche de la série *HPI*, les scénaristes Stéphane Carrié, Alice Chegaray-Breugnot et Nicolas Jean (créateurs de *HPI*) s'en défendent : « L'héroïne n'a ni le même prénom ni le même nom, elle n'a pas les mêmes troubles et n'habite pas le même quartier, bref, ça n'a absolument rien à voir. »

Des ressemblances troublantes

Reste que certaines ressemblances sont quand même troublantes, comme le caractère du personnage, décrit comme insoumis, ou son QI évalué à 160, comme dans la série *HPI*. De même, Megane Alvara a, tout comme Morgane Alvaro, 38 ans au début de la série et trois enfants de deux ex-compagnons. Quant au commandant et à la commissaire avec qui l'héroïne est amenée à travailler, ils ont tout simplement les mêmes noms que dans *HPI*, à savoir respectivement Adam Karadec et Céline Hazan. Interrogés sur ce sujet, les scénaristes assurent que ce sont deux noms de famille « très courants dans le Nord » et que « ces similitudes apparentes sont de pures coïncidences ».

LA CÉLÈBRE MORGANE ALVARO VA FAIRE SES ADIEUX, MAIS TF1 LUI A DÉJÀ TROUVÉ UNE REMPLAÇANTE EN LA PERSONNE DE MEGANE ALVARA.

Ce n'est pas la première fois qu'une série est assez proche de celle qu'elle est censée remplacer. On se souvient par exemple qu'après avoir été diffusée de 1998 à 2014 sur France 3 la série *Louis la Brocante* avait été remplacée par *Jean l'Antiquaire*.

5 INGRÉDIENTS À AJOUTER À UN TIRAMISU POUR DÉCLENCHER UNE GUERRE AVEC L'ITALIE

Depuis toujours, la France s'applique à massacrer la plus grande fierté de nos amis transalpins. Top 5 des ingrédients à ajouter au tiramisu pour justifier l'invasion des Alpes-Maritimes par l'Italie.

Des spéculoos

Qu'est-ce qui pourrait mal se passer en associant le meilleur dessert italien à ce que la Belgique a fait de mieux après les bières trappistes et Kevin De Bruyne ? La réponse est : un diabète fulgurant.

Des Kinder Bueno

Au même titre que les carbonara à la crème, le tiramisu au Kinder Bueno a su se faire une place de choix auprès des dobermans et des gastronomes souhaitant voir la culture italienne réduite en cendres.

Des fraises

Les Hawaïens ont lancé les hostilités en ajoutant de l'ananas sur les pizzas, à nous de maintenir la pression en ajoutant des fraises sur le tiramisu et en veillant à bien supprimer le café de la recette originale, sinon c'est infâme. Déjà que, bon.

De la viande hachée

Une recette empruntée à Mireille38 sur Marmiton, qui a remplacé le mascarpone par de la viande hachée et les biscuits par une petite purée de pommes de terre. Son mari en a repris deux fois, c'est donc validé.

Du crépi

Crépi traditionnel, projeté, taloché, en coloris rose, blanc ou bleu : qu'importe le flacon, pourvu qu'on ait de belles photos à poster sur Instagram avec « Sarà perché ti amo » en fond sonore.

BACCALAURÉAT 2025 – QUI EST THÉO, CET EMBRYON DE 8 SEMAINES QUI PASSE LE BAC EN CANDIDAT LIBRE ?

Le plus jeune candidat à passer le bac en 2025 a été dévoilé, et il s'agit de Théo, un embryon de 8 semaines excessivement brillant. Reportage.

C'est affublé d'un cordon ombilical, d'un placenta mou et d'un petit cartable que Théo J., 8 semaines de gestation, va affronter les épreuves du baccalauréat 2025. Ce petit prodige au QI de 162 fait déjà la fierté de Nathalie, sa maman, enceinte jusqu'au cou. « Dès que j'ai vu ce petit point flou à l'échographie, j'ai su qu'il avait un truc en plus », raconte-t-elle, pétrie d'amour. Quand on lui demande si on peut être à la fois surdoué et avoir une vie sociale, Nathalie fait la moue. « Mon petit Théo est très en avance pour son âge, mais c'est vrai qu'en deux mois de révisions il n'est pas sorti une seule fois », regrette-t-elle tout en fixant son ventre.

« MON PETIT THÉO EST TRÈS EN AVANCE POUR SON ÂGE, MAIS C'EST VRAI QU'EN DEUX MOIS DE RÉVISIONS IL N'EST PAS SORTI UNE SEULE FOIS. »

Pour permettre à ce candidat particulièrement précoce de participer aux épreuves, un dispositif spécial a déjà été mis en place par le rectorat. Tout d'abord, un aquarium de liquide amniotique sera placé au centre de la salle d'examen du lycée Paul-Éluard, à Grenoble (lieu de l'examen, NDLR), pour accueillir l'embryon. De plus, dépourvu de bras, de jambes, de colonne vertébrale et de doigts, le petit Théo aura tout naturellement droit à un tiers temps. Enfin, comme l'embryon est toujours relié à sa mère par le cordon, un surveillant supplémentaire sera dépêché sur place afin de s'assurer que cette dernière ne lui souffle pas les réponses.

Rappelons que Théo n'est pas le seul profil atypique de cette session 2025, puisque le candidat le plus âgé cette année n'est autre que Barbota, une tortue géante des Galápagos de près de 400 ans.

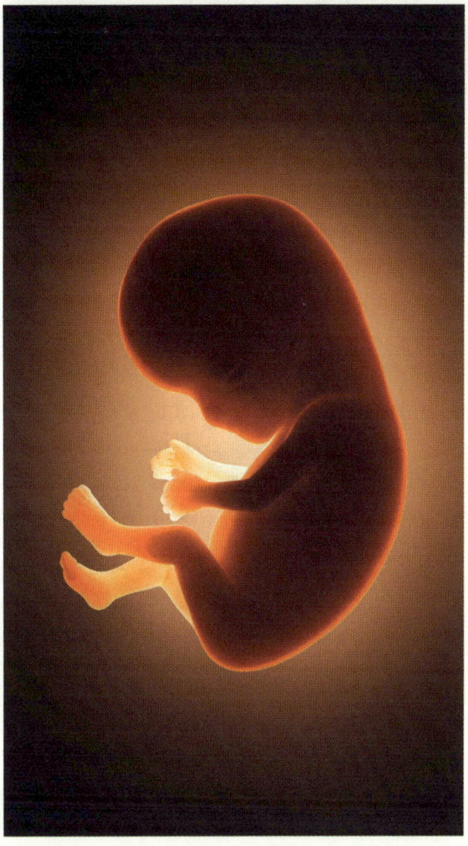

BENJAMIN NETANYAHOU MENACE DE VIOLENTES REPRÉSAILLES THÉO, 7 ANS, APRÈS QU'IL A DÉCLARÉ QUE « LA GUERRE, C'EST PAS BIEN »

Le Premier ministre israélien a redit sa colère et son indignation après qu'un enfant de 7 ans a écrit dans son cahier d'éveil que « la guerre, c'est pas bien ». Reportage.

« Inadmissible. Israël ne se laissera pas intimider par des écrits aussi extrémistes et outranciers », a affirmé Benjamin Netanyahou alors que le Moyen-Orient se prépare à une intervention en Iran. Le petit Théo, 7 ans, élève d'une classe primaire à Verdun, a écrit sur l'un de ses dessins « la guerre, c'est pas bien », un message fort, accompagné, selon plusieurs sources, d'un soleil ainsi que de plusieurs individus (à ce stade encore en cours d'identification) en train de se tenir la main et de danser dans ce qui semble être un très grand jardin et une maison.

« INADMISSIBLE. ISRAËL NE SE LAISSERA PAS INTIMIDER PAR DES ÉCRITS AUSSI EXTRÉMISTES ET OUTRANCIERS. »

Un message jugé « totalement hors de propos », a ajouté le Premier ministre israélien, bien qu'aucune mention du conflit en cours n'ait été visible dans le dessin, critiquant en outre les nombreuses fautes d'orthographe dans les propos extrémistes qui accompagnaient le message, comme « Vives les bisous » et de « les câlins, c'est tro bien » (sic). « Qui donne ces bisous ? À qui ? Pourquoi ? Les bisous et les câlins ont-ils un réel pouvoir ? » s'est interrogé un expert ce matin sur BFMTV.

De leur côté, les parent de Théo assurent qu'il ne s'agissait que d'un message d'amour universel qui ne visait personne en particulier ni aucun homme politique. « Théo n'est pas un radical ni un politique, c'est un rêveur qui pense qu'on peut régler les conflits avec des câlins et des bonbons », ont-ils assuré, en larmes, lors d'une conférence de presse.

L'inspection académique aurait de son côté assuré « réfléchir à suspendre immédiatement l'enseignante de Théo », la jugeant responsable de l'apparente radicalisation de l'enfant. Par crainte d'une contagion de cette idéologie woke à base de câlins et de bisous, Donald Trump aurait signé un *executive order* interdisant les dessins d'enfants sur tout le territoire américain.

LA VILLE DE MARSEILLE REND LE 31 MAI FÉRIÉ EN HOMMAGE AUX ÉVÉNEMENTS TRAGIQUES DE 2025

Le maire Benoît Payan a déclaré une journée de deuil pour tous les Marseillais, « pour ne jamais oublier ».

« C'est un traumatisme collectif que nous traversons. Nos enfants ne méritaient pas ça. » C'est la gorge serrée et les yeux noyés de larmes que le maire de Marseille a conclu la conférence de presse annonçant que le 31 mai serait désormais férié à la suite de la dramatique victoire du PSG en finale de Ligue des champions.

Chaque année, une cérémonie officielle viendra commémorer ce dramatique événement. Elle débutera par une minute de huées pendant lesquelles les supporters marseillais inviteront chaleureusement leurs homologues parisiens à découvrir les joies du coït anal avec un membre de leur famille. Le cortège ira ensuite déposer une gerbe sur la statue de saint Bernard Tapie, érigée spécialement pour l'occasion.

Pour l'heure, une cellule psychologique a été ouverte afin de prendre en charge les supporters les plus sévèrement affectés. « Depuis samedi, l'affluence ne faiblit pas, on observe des troubles de type chocs post-traumatiques, avec des gens qui répètent “À jamais les premiers” en boucle, le regard perdu dans le vide », commente un psychologue, visiblement préoccupé.

Si l'ambiance est encore au recueillement au sein de la cité phocéenne, les dirigeants du club ont promis de faire oublier ce sinistre épisode aux supporters en leur assurant de dépasser le troisième tour préliminaire lors de la prochaine Ligue des champions.

L'URSSAF ANNONCE L'OUVERTURE D'UN ESCAPE GAME INSPIRÉ DE SON SITE

Après la « Mission spatiale » , le « Trésor des templiers » et les « Catacombes », l'escape game The Game, à Paris, vient d'annoncer l'ouverture d'une toute nouvelle salle redoutable inspirée du site de l'Urssaf. Reportage.

Voici une salle qui risque de donner du fil à retordre aux plus grands aficionados des escape games. Le complexe parisien de jeux à énigmes The Game a inauguré ce lundi une toute nouvelle salle sur le thème de l'Urssaf Limousin. Dans un sobre décor d'appartement, chaque participant aura exactement vingt-deux heures pour se frayer un chemin à travers l'interface du célèbre site jusqu'à l'objectif final : réussir à faire sa déclaration trimestrielle avant la fin du temps imparti, au risque de se faire imposer de 8 000 euros de frais et pénalités.

CHAQUE PARTICIPANT AURA EXACTEMENT VINGT-DEUX HEURES POUR SE FRAYER UN CHEMIN À TRAVERS L'INTERFACE DU CÉLÈBRE SITE JUSQU'À L'OBJECTIF FINAL.

Une salle affichant un niveau « Expert ++ » qui a déjà eu raison de la ténacité de plus de 100 testeurs. « J'ai fait "Saw", "The Human Centipede" et même "Gaza – The Escape Game", mais là, c'était franchement impossible », raconte sur X le testeur @MagicVince. Même son de cloche pour la bêta-testeuse @WormiesDeluxe : « En quatre heures et cinquante minutes, j'ai réussi à déchiffrer un codex en araméen me permettant de récupérer le moule de la clé USB comportant la première partie du plan du conduit d'évacuation menant à la salle des coffres afin d'y trouver mes identifiants en répondant à une énigme en morse donnée lettre par lettre par des lasers projetés sur plus de 40 miroirs placés tout autour de la salle. J'ai ressenti les mêmes frustration et sidération face à autant de difficultés inutiles que dans la vraie vie. Bravo !"

De son côté, l'Urssaf Limousin s'est félicitée d'avoir su apporter son manque d'organisation, sa froideur clinique et son système conçu pour perdre les usagers dès la première seconde à la méticulosité inventive des salles du groupe The Game. Un partenariat qui semble d'ailleurs en inspirer plus d'un, puisque le Trésor public vient lui aussi d'annoncer la mise en chantier de son propre escape game, inspiré du site impots.gouv.fr.

UN POLICIER MIS À PIED APRÈS AVOIR CONTRÔLÉ L'IDENTITÉ D'UN HOMME BLANC DANS UNE GARE

Une nouvelle bavure qui entache la réputation des forces de police et a provoqué une vive émotion partout en France.

C'est une opération de contrôle d'identité en apparence ordinaire qui a tourné au scandale samedi matin à la gare de Lyon. Dans le cadre des opérations nationales de contrôle d'identité lancées par Bruno Retailleau, un agent a malencontreusement procédé à l'interpellation jugée « irrégulière » d'un homme blanc. Un incident malheureux mais très rare, heureusement, selon le syndicat Alliance.

Le ministre de l'Intérieur a fait part de sa vive émotion en apprenant la nouvelle et a contacté la famille de la victime afin de lui témoigner tout son soutien. Bruno Retailleau a par ailleurs souligné que la formation des agents de police sera renforcée dans les prochains jours afin de s'assurer du respect des procédures et éviter tout risque de récidive.

Selon nos informations, l'agent incriminé est un jeune officier de police judiciaire de 27 ans, fraîchement incorporé dans son service. D'après son témoignage, il aurait tenté de « faire respecter la loi à tout le monde, sans discrimination au faciès », un comportement jugé troublant par sa hiérarchie.

Contactée par nos journalistes, la victime a décidé de porter plainte « afin que cette affaire serve d'exemple, et que ce genre de drame n'arrive plus jamais ».

LES PRUD'HOMMES VALIDENT LE LICENCIEMENT D'UN SALARIÉ QUI UTILISAIT L'EXPRESSION « PRENDRE LE LEAD »

Coup de tonnerre dans la start-up nation : employer l'expression « prendre le lead » est désormais passible d'un licenciement pour faute grave. Décryptage.

Pour Stéphane, c'est la douche froide. Après vingt-deux ans de carrière, ce *chief marketing officer* a été licencié sans préavis par son entreprise après une réunion qu'il qualifie pourtant de tout à fait banale. « C'était un warm-up comme on en fait souvent avant un call client : j'ai expliqué à Alexandre, mon N-1, qu'il fallait se montrer assertif pour que nos inputs soient validés et puissent partir en prod asap. Je lui ai donc demandé de prendre le lead sur la conf call, et c'est là qu'il a commencé à frapper violemment sa tête contre le mur en hurlant des insanités », explique Stéphane, qui se définit désormais comme un *chief of research officer* chez France Travail.

« SIX ANS QUE JE NE COMPRENDS PAS CE QU'ON ATTEND DE MOI PARCE QUE J'AI FAIT ALLEMAND LV1. »

S'il admet avoir légèrement dérapé, Alexandre ne regrette pas son geste : pour lui, ce warm-up était la goutte de trop. « Ça fait six ans que je travaille dans cette agence, six ans qu'on me demande de prendre le lead pour améliorer les insights et générer des *quick wins*, nous explique-t-il, au bord des larmes. Six ans que je ne comprends pas ce qu'on attend de moi parce que j'ai fait allemand LV1. »

Alors que le licenciement de Stéphane (ou *glow down*, comme il préfère l'appeler) fait l'effet d'un séisme dans le monde du travail, il pourrait faire jurisprudence. Parmi les prochains cas dans le viseur des prud'hommes : les managers à la recherche de concepts « disruptifs » et les *happiness managers*, pour l'ensemble de leur œuvre.

ISRAËL INTERCEPTE UN BANC DE DORADES AU LARGE DE GAZA

Au total, 14 dorades ont été interceptées par les autorités israéliennes pour comportement suspect.

À l'issue d'une opération militaire « d'une précision exemplaire », selon Tsahal, les dorades ont été déroutées avant d'être interceptées. Selon l'armée israélienne, le banc de poissons aurait présenté un comportement suspect et refusé d'obéir à ses ordres et de sortir de l'eau sur-le-champ.

LE BANC DE POISSONS AURAIT PRÉSENTÉ UN COMPORTEMENT SUSPECT ET REFUSÉ D'OBÉIR À SES ORDRES ET DE SORTIR DE L'EAU SUR-LE-CHAMP

« Leur façon de se déplacer nous autorise à penser qu'elles ont suivi un entraînement militaire avec le Hamas et qu'elles s'apprêtaient à attaquer violemment notre pays », explique le porte-parole de la marine. Placées en garde à vue dans un bocal sous haute surveillance, les 14 dorades ont été interrogées sur leurs intentions mais se seraient montrées peu coopératives avec les autorités.

Plusieurs chefs d'État se sont dits scandalisés par la situation, à commencer par Emmanuel Macron. Le président de la République a en effet condamné l'arrestation illégale des poissons : « Les dorades ont tout notre soutien, et la France est prête à les accueillir, le citron et les petites pommes de terre sont déjà prêts. »

De son côté, Israël a promis une tolérance zéro avec les individus suspects identifiés aux abords de ses côtes. Huit dauphins seraient actuellement en garde à vue, suspectés d'être des espions du Hamas.

ACCUSÉ D'AVOIR DÉVORÉ 38 PERSONNES EN 1995, LE « CANNIBALE DES DEUX-SÈVRES » DÉCLARE QUE « C'ÉTAIT UNE AUTRE ÉPOQUE »

Alors que s'ouvre le procès de Tino Paluzzi, dit «le Cannibale des Deux-Sèvres», ce dernier a souhaité revenir sur son image mi-figue, mi-raisin véhiculée «à son grand dam» par les médias.

C'est un véritable soulagement pour toute la petite commune de Saint-Hilaire-la-Palud (79). Après près de trente ans de traque, celui que la presse locale surnommait « le Cannibale des Deux-Sèvres » vient enfin d'être appréhendé par les forces de l'ordre à la suite d'une miraculeuse concordance ADN. Tino Paluzzi, 58 ans, responsable cailloux et râteaux chez Nature & Découvertes, n'en revient toujours pas. «C'est de l'histoire ancienne. Il serait vraiment temps de passer à autre chose. Oui, j'ai peut-être dévoré des dizaines de femmes, d'hommes et d'enfants pendant des mois. Oui, j'ai peut-être ouvert leur corps en deux pour les farcir de polenta, de fromage râpé, de girolles et de câpres avant de les glisser entre deux miches de 15 livres pour les engloutir goulûment en parlant la bouche pleine. Mais il faut remettre les choses dans leur contexte: c'étaient les années 1990!» explique-t-il, estomaqué et menottes aux poignets, lors de son audience au tribunal.

Un procès très médiatisé durant lequel maître Riesler, son avocat, a expliqué ne pas comprendre l'acharnement dont Tino Paluzzi est la victime. «Mon client a fait une erreur, certes, trente-huit fois de suite, certes, mais que celui qui n'a jamais transformé une famille entière en gratin lui jette la première pierre, plaide-t-il. Alors oui, les faits reprochés à mon client sont accablants et je comprends «qu'ils choquent, mais je vous rappelle qu'en 1995, la même année, sortait le film *Waterworld* avec Kevin Costner! Alors? Qui sont les vrais tarés ?!» poursuit-il en brandissant fougueusement la VHS du film face aux jurés impassibles.

Alors qu'il encourt la prison à perpétuité, c'est un Tino Paluzzi serein que nous avons retrouvé à la sortie de la salle d'audience. «Vous savez, c'est l'époque qui veut ça. On juge les faits d'hier avec les yeux d'aujourd'hui. C'est regrettable, mais une chose est sûre: lorsqu'on regardera mon procès dans trente ans, on ne verra pas un monstre se faire condamner, mais simplement un homme avec ses défauts, ses passions et son jardin secret», conclut-il, confiant, avant de retourner dans son box pour croquer dans sa cuisse.

REMERCIEMENTS

L'équipe du *Gorafi* remercie toutes les personnes qui ont collaboré à la réalisation du présent ouvrage, à tous nos stagiaires en CDD qui ont accepté de sacrifier leur vie de famille pour que ce livre puisse voir le jour et que nos actionnaires touchent de plus beaux dividendes, ainsi que :
Sébastien Liebus, Fabien Liebus, Guillaume Pouget-Abadie, Quamel Pusati, Rémi Parasquive, Benjamin Veyres, Mathieu Boumal, Eugénie d'Huy, Clément Charton, James Tornade, Insaf Ouassal, Teddy Ferrand, Tania Massaoudi, Geoffrey La Rocca, Jean Le Gall, Jean Pierre Montal, Léna Charieras, Virginie Pompon, Aniouk Vago, Victoire Stelandre, Mickaël Cunha, Séverine Laus-Tonis, Vincent Bolloré, Gérald Darmanin.

CRÉDITS PHOTOS

P. 9 : Francois Pauletto - Alamy Stock Photo / **P. 10** : keepics - Alamy Stock Photo / **P. 11** : Adam Butler - Alamy Stock Photo / **P. 12** : Matt Smith - Alamy Stock Photo / **P. 14** : Abaca Press - Alamy Stock Photo / **P. 15** : Abaca Press - Alamy Stock Photo / **P. 16** : Keitma - Alamy Stock Photo / **P. 17** : Abaca Press - Alamy Stock Photo ; Postmodern Studio - Alamy Stock Photo / **P. 18** : Abaca Press - Alamy Stock Photo / **P. 19** : Xavier Laine – Getty Images / **P. 23** : Public domain sourced - access rights from NASA Image Collection - Alamy Stock Photo / **P. 24** : F1online digitale Bildagentur GmbH - Alamy Stock Photo ; Liudmyla Romanovska - Alamy Stock Vector / **P. 25** : Allen Brown - Alamy Stock Photo / **P. 26** : NetPix - Alamy Stock Photo / **P. 27** : Francois Pauletto - Alamy Stock Photo / **P. 28** : Mykola Kravchenko - Alamy Stock Photo / **P. 29** : Pixavril / Alamy Stock Photo / **P. 31** : Victor Joly - Alamy Stock Photo / **P. 32** : IanDagnall Computing - Alamy Stock Photo / **P. 33** : Godong - Alamy Stock Photo / **P. 34** : Peter Eckert - Alamy Stock Photo / **P. 35** : Nils Jacobi - iStock - Getty Images Plus / **P. 39** : DNY59 - iStock - Getty Images Plus / **P. 40** : legna69 - iStock Unreleased - Getty Images ; Francis Demange - 2011 Gamma-Rapho - Getty Images / **P. 41** : World History Archive - Alamy Stock Photo / **P. 42** : Prostock-Studio - iStock - Getty Images Plus / **P. 43** : Tada Images - Adobe stock / **P. 44** : Gino's Premium Images - Alamy Stock Photo / **P. 45** : txking - iStock - Getty Images Plus / **P. 47** : Backyard Productions LLC 2020 - Getty Images / **P. 48** : Alan Wilson - Alamy Stock Photo / **P. 49** : HJBC - iStock Editorial - Getty Images Plus / **P. 50** : Tom Nicholson - Getty Images Europe - Getty Images via AFP / **P. 51** : Jerome Delaunay - iStock - Getty Images Plus / **P. 55** : Gary Wolstenholme - Getty Images / **P. 56** : Nathan Laine - Bloomberg - Getty Images / **P. 57** : Stephane Cardinale - Corbis - Getty Images / **P. 58** : Francois Pauletto / Alamy Stock Photo / **P. 59** : Pierre Suu - Getty Images / **P. 60** : ozgurdonmaz - Getty Images / **P. 61** : Inhaus Creative - Getty Images / **P. 62** : IL21 - iStock - Getty Images Plus / **P. 63** : vladans - iStock - Getty Images Plus / **P. 64** : Tamara Luiza - iStock - Getty Images Plus ; Stephane Cardinale - Corbis - Getty Images / **P. 65** : Xavier Laine - Getty Images / **P. 66** : CTK - Alamy Stock Photo ; Sonsedska - iStock - Getty Images Plus / **P. 67** : drmarkg - iStock - Getty Images Plus / **P. 71** : Antonio Ribeir - 2011 Gamme-Rapho - Getty Images / **P. 72** : Raymond Tang - Alamy Stock Photo / **P. 73** : Enzojz - iStock - Getty Images Plus / **P. 74** : Serge Mouraret - Alamy Stock Photo ; Guy - Adobe stock / **P. 75** : Sipa USA - Alamy Stock Photo / **P. 76** : UPI - Alamy Stock Photo / **P. 77** : Dimitris66 - Getty Images ; Benjamin Girette - Bloomberg - Getty Images / **P. 78** : Abaca Press - Alamy Stock Photo / **P. 79** : BFA - Alamy Stock Photo / **P. 80** : 2022 Bloomberg Finance LP - Getty Images / **P. 81** : Fernando - Adobe stock / **P. 82** : Matt Cardy - Getty Images Europe / **P. 83** : Consolidated News Photos - Bloomberg - Getty Images ; Tu - Adobe stock / **P. 87** : Leon Neal - Getty Images Europe - Getty Images via AFP / **P. 88** : Dragos Condrea - iStock - Getty Images Plus / **P. 89** : Ilshat - Adobe stock / **P. 90** : Viktoria Ruban - iStock - Getty Images Plus / **P. 91** : Chesnot - Getty Images Europe / **P. 92** : Andrew Harnik - Getty Images

North America - Getty Images via AFP / **P. 93** : uzhursky - iStock - Getty Images Plus / **P. 94** : MonicaNinker - iStock Unreleased - Getty Images / **P. 95** : chang - iStock - Getty Images Plus / **P. 96** : Abaca Press - Alamy Stock Photo / **P. 98** : Abaca Press - Alamy Stock Photo / **P. 101** : Eric Fougere - Corbis - Getty Images / **P. 102** : Kevin Dietsch - Getty Images North America - Getty Images via AFP / **P. 103** : 2015 Everett Collection - Shutterstock / **P. 104** : Dorothy Alexander - Alamy Stock Photo / **P. 105** : Postmodern Studio - Adobe Stock ; 2023 gnepphoto - Shutterstock / **P. 107** : Stephane Cardinale - Corbis - Getty Images ; Kwangmoozaa - iStock - Getty Images Plus / **P. 108** : Chesnot - Getty Images Europe / **P. 109** : 2019 mark reinstein - Shutterstock / **P. 110** : evrim ertik - iStock - Getty Images Plus / **P. 111** : 2019 Fotosr52 - Shutterstock ; 2015 Debby Wong - Shutterstock / **P. 115** : Kenneth Cheung - iStock Unreleased - Getty Images / **P. 117** : Olivier Rateau - iStock - Getty Images Plus / **P. 118** : Chris Schmidt - iStock Unreleased - Getty Images / **P. 120** : Abaca Press - Alamy Stock Photo / **P. 121** : 2025 Markus Mainka - Shutterstock / **P. 122** : Tim Graham - Alamy Stock Photo / **P. 123** : Anton Aleksenko - iStock - Getty Images Plus / **P. 124** : 2019 Alexander Prokopenko - Shutterstock / **P. 125** : Keystone Press - Alamy Stock Photo / **P. 129** : SOPA Images Limited - Alamy Stock Photo / **P. 130** : Victor Joly - Alamy Stock Photo / **P. 132** : izusek - Getty Images / **P. 134** : 2025 PeopleImages - Shutterstock / **P. 135** : Richard Villalonundefined undefined - iStock - Getty Images Plus / **P. 136** : dpa picture alliance - Alamy Stock Photo / **P. 137** : twing - Getty Images / **P. 138** : SOPA Images - Getty Images / **P. 139** : 2015 Monkey Business Images - Shutterstock / **P. 143** : SOPA Images - Getty Images / **P. 144** : HMB Media - Alamy Stock Photo / **P. 145** : Marc Piasecki - Getty Images / P. 146 : gerenme - Getty Images / **P. 147** : BlackJack3D - iStock - Getty Images Plus / **P. 148** : Nir Alon - Alamy Stock Photo / **P. 149** : Pressinphoto Sports Agency - Alamy Stock Photo / **P. 150** : Mikhail Konoplev - iStock - Getty Images Plus / **P. 151** : Gwengoat - iStock - Getty Images Plus / **P. 152** : mediaphotos - iStock - Getty Images Plus / **P. 153** : Damocean - iStock - Getty Images Plus /

#lisez! engagé
www.lisez.com
Pour plus d'information :
Imprimé sur du papier issu de forêts gérées durablement.

Photogravure : Apex Graphic, Paris
Fabrication : Axelle Hosten et Julie Cohn
Achevé d'imprimer en octobre 2025
par Estimprim en France
ZA La Craye – 25110 Autechaux
N° d'édition : M18430/01